HANS SUTER

Basler Farben

KRIMINALROMAN

emons:

Bibliografische Information der Deutschen Nationalbibliothek
Die Deutsche Nationalbibliothek verzeichnet diese Publikation in der Deutschen Nationalbibliografie; detaillierte bibliografische Daten sind im Internet über http://dnb.d-nb.de abrufbar.

MIX
Papier aus verantwortungsvollen Quellen
FSC® C083411

Umschlagmotiv: photocase.com/dioxin
Umschlaggestaltung: Tobias Doetsch
Gestaltung Innenteil: César Satz & Grafik GmbH, Köln
Druck und Bindung: CPI – Clausen & Bosse, Leck
Printed in Germany 2014
ISBN 978-3-95451-305-5
Originalausgabe

Alles, alles perfetto,
Nume eins nit: Popolo!

Alfred Rasser

EINS

Für Spätherbst war es eigentlich zu warm. Der Marronistand beim Märtplatz schien fast etwas deplatziert, und wenn an den vielen Marktständen nicht herbstliche Blumen, Früchte und Gemüse verkauft worden wären, hätte es ebenso gut Mai sein können.

Luigi war zu früh von zu Hause weggegangen. Das «Vogelnest», sein Stammlokal, war noch nicht geöffnet, also ging er von Kleinbasel über die Rheinbrücke, aber auch die «Hasenburg» war noch geschlossen. Er schlenderte wieder zurück zur Schifflände. Es war Viertel vor neun, immer noch etwas zu früh; er hatte seinen Termin um neun Uhr. Er lehnte sich ans Geländer der Mittleren Brücke und schaute auf das träge dahinfliessende Wasser. Ein Kahn ohne Fracht zog unter ihm vorbei. Dann noch einer. Auf dem einen döste im Bug der Bordhund vor sich hin, und vom anderen waren streitende Stimmen zu hören. In der Ferne ragten die Gebäude der chemischen Industrie gen Himmel. Einer der wenigen Industriezweige, der von der allgemein depressiven Stimmung sogar noch profitierte. Auch Luigi nahm seit einiger Zeit Medikamente ein, die eine aufheiternde Wirkung versprachen.

Er überquerte die Rheinbrücke und bog beim Warenhaus Manor in die Utengasse. Er öffnete bei dem Gebäude mit grosser Freitreppe und mehreren Säulenbogen die mit «RAV» angeschriebene Tür. Bereits sechs Monate war er schon arbeitslos. Seit seiner Entlassung hatte er sich erfolglos um einen neuen Arbeitsplatz bemüht, aber der momentane Arbeitsmarkt schien keinen Bedarf nach Fahrern zu haben. Zuletzt hatte er als Privatchauffeur bei einem Farbenfabrikanten gearbeitet, zuvor als Lastwagenfahrer in einer Baufirma, die pleiteging.

Um diese Liste mit den erforderlichen Bewerbungen auszufüllen, hatte Luigi längst eine höchst effiziente Methode entwickelt. Einen Beruf hatte er nicht gelernt, also musste er sich für alle in Frage kommenden Hilfsarbeiten bemühen. Zehn Bewerbungen sollte er beim RAV monatlich auf den Tisch legen. Im Telefonbuch der Stadt Basel gab es unendlich viele Betriebe, die für ihn als potenzielle Arbeitgeber in Betracht kamen, sodass er die erforderlichen Bewerbungen für Jahre hätte beibringen können. Damit seine Vorgehensweise nicht auffiel, ging er nicht in alphabetischer Reihenfolge vor. Die Firmen, bei denen er sich beworben hatte, markierte er mit einem roten Filzschreiber.

Heute jedenfalls hatte der Vermittler nichts an den Bewerbungen auszusetzen. Und selbst wenn er Luigis Methode enttarnen könnte, illegal war sie ja nicht.

Luigi Spadola war Italiener zweiter Generation, also seit seiner Geburt in Basel ansässig. Er liebte diese Stadt. Seine Eltern waren vor bald vierzig Jahren in die Schweiz gezogen. Der Vater hatte erst als Saisonnier gearbeitet. Später war die ganze Familie nachgezogen. Luigi war längst Schweizer geworden.

Er verliess das RAV und ging langsam durch die Greifengasse zum Claraplatz. Auch dort war ein Markt, mit der ganzen Pracht des herbstlichen Obst- und Gemüseangebotes. Luigi ging zielstrebig an den Auslagen vorbei zum «Vogelnest». Er wollte eben in die Rebgasse einbiegen, als er verdutzt stehen blieb. Vor der UBS stand der Mercedes seines ehemaligen Patrons. Wie oft hatte er den gewaschen. Er musste immer hochglanzpoliert sein, wohl auch als Werbeträger für die Schwarzenbach Lackfabrik. Nun stand da dieser Wagen, und aus der Entfernung konnte er erkennen, dass jemand am Steuer sass. Diese Gelegenheit, zu erfahren, wer denn jetzt der Fahrer sei, wollte Luigi sich nicht entgehen lassen. Er staunte nicht schlecht, als er am Steuer des Autos einen Tamilen sitzen sah. Ob er der neue Chauffeur sei, fragte er ihn. Dieser nickte bestätigend. Luigi erklärte ihm, dass er diese Arbeit vorher gemacht habe und ihm dann gekündigt worden sei, aus Spargründen.

«Schöne Auto», sagte der Tamile und «Ik nicht wissen».

«Aber ich», sagte Luigi, «weil du wahrscheinlich diese Arbeit für einen Hungerlohn machst. Ich bin kein Rassist, aber was da abläuft, ist eine Riesenschweinerei.»

Kaum hatte er seinem Unmut etwas Luft gemacht, gewahrte er Schwarzenbach, der eben aus der Bank kam. Als dieser von Weitem seinen ehemaligen Chauffeur erkannte, hielt er kurz inne, wollte erst zurück in die Bank, ging aber kurz entschlossen zu seinem Auto. Der neue Fahrer wollte dienstfertig aussteigen, um dem Chef die Tür aufzuhalten.

Luigi jedoch sagte zu ihm: «Lass nur, das mach ich schon», und hielt mit übertrieben devoter Geste Schwarzenbach die Tür auf.

Der zischte bloss: «Verschwinden Sie!», stieg ein und wollte von innen die Tür zuziehen.

Luigi jedoch hielt sie fest und sagte ganz ruhig: «Kolonialist», und schmiss die Tür zu.

Das «Vogelnest», eine Spelunke mit Holztäfelung, langen Tischen aus Eichenholz und einem Kachelofen aus dem 17. Jahrhundert, war Stammbeiz und Sammelbecken Arbeitsloser oder sonst wie durch die Maschen des sozialen Netzes gefallener Menschen. Wenn die Stühle aus den fünfziger Jahren die rustikale Einheit nicht empfindlich gestört hätten, hätte das Lokal durchaus das Ambiente eines Szenelokals aufweisen können. Über den Tischen hingen Makramee-Lampenschirme. Die fand sogar Luigi hässlich. Schlechte Luft herrschte, und aus dem Radio erklang die mit aufgesetztem Optimismus alles niederwalzende Stimme eines Privatradio-Moderators.

Luigi betrat, immer noch verärgert über die vorherige Begegnung, das Lokal, blickte um sich und steuerte direkt auf einen Tisch zu, wo eine alte Bekannte sass. Susy, eine kleine rundliche Frau mit langen strähnigen Haaren, war eigentlich immer hier. Sie kannte jeden, und alle kannten sie. Sie war eine Frau, die schon jahrelang ausschliesslich an Männerstammtischen gesessen und dadurch ein fast männliches Verhalten angenommen hatte. In diesem Männerverein war sie vollständig integriert, und keiner käme mehr auf die Idee, sie irgendwie als Frau anzumachen. Vielleicht ähnlich wie bei gewissen Frauen, die sich bei schwindender Attraktivität einen grossen Hund zulegen, um in der Illusion leben zu können, sie würden von Männern aus Angst vor dem Tier nicht mehr angemacht. Susy rauchte. Luigi setzte sich zu ihr, und ohne Gruss sagte er laut: «Dieses Schwein!»

«Was ist denn jetzt wieder los?», fragte Susy.

«Los? Gar nichts ist los. Rate mal, wer jetzt Fahrer bei Schwarzenbach ist?»

«Keine Ahnung.»

«Ein Tamile», sagte Luigi laut.

«Scheissausländer!», kam es vom Nebentisch.

Luigi reagierte nicht darauf, ihm war diese Art von rassistischen Sprüchen mehr als zuwider. «Den Tamilen hat er bestimmt so weit gebracht, dass er für ihn auch am Sonntag arbeitet.»

«Am Sonntag?»

«Ja genau. Mir hat es ja nichts ausgemacht, Freitagabend das Fräulein Tochter im Internat abzuholen und sonntags pünktlich um neunzehn Uhr in der Schule abzuliefern, aber nicht gratis.»

«Jetzt schrei doch hier nicht so rum.»

«Als ich mit ihm über Sonntagszulagen reden wollte, hat er mir gekündigt», sagte Luigi nur wenig leiser.

«Du denkst, er hat den Tamilen eingestellt, weil der sich nicht traut, Forderungen zu stellen», ergänzte Susy.

«Genau, so läuft das», sagte Luigi und bestellte sich ein grosses Bier.

***

Schwarzenbach wohnte im Bruderholz in einer bungalowähnlichen Villa. Dort angekommen, hiess er Thamby den Wagen in die Garage zu fahren. Einen Fahrer benötigte er erst am Nachmittag wieder. Er wies ihn an, im Garten der Villa zu arbeiten. Diese Tätigkeiten gehörten, nebst anderen Beschäftigungen wie Fensterreinigen und sonstiger Putzarbeiten im Haus, zu dessen Job. Schwarzenbach war sehr zufrieden mit seinem neuen Angestellten. Alle Arbeiten führte er willig und zur Zufriedenheit seiner Herrschaft aus. Er sei privilegiert, hielt ihm der Chef immer wieder unter die Nase.

Vor zwei Jahren war Thamby zusammen mit seinen beiden Cousins und der Nichte Vishanta als Flüchtling hierhergekommen. Thamby hatte den Asylentscheid, dass er und seine Nichte als politische Flüchtlinge anerkannt seien und er nun praktisch jede Arbeit annehmen könne. Fast die ganze Familie Thambys wurde vom singhalesischen Militär hingemetzelt. Er und Vishanta hatten sich während des Massakers in einem Heuhaufen versteckt und konnten später fliehen. Dass sie nach so kurzer Zeit als politische Flüchtlinge anerkannt worden waren, hatte damit zu tun, dass alle Zeitungen über dieses Gemetzel berichtet hatten und Thambys Aussagen sich vollkommen mit denen der Presse deckten. Er bewohnte bei Schwarzenbach über der Garage ein Zimmer mit Kochnische; anerkannte Flüchtlinge konnten nicht weiter in einem Asylantenheim wohnen. Einzig Vishanta wohnte noch dort. Thamby hatte vorher mit zwei seiner Landsleute im Restaurant «Schifferhaus» gearbeitet. Schwarzenbach, der dort oft mit seiner Frau zum Essen war und auch den Wirt gut kannte, hatte Thamby, nachdem er wusste, dass dieser einen Führerschein hatte und schon ganz gut Deutsch sprach, vom Restaurantbesitzer für ein kleines Entgelt «abgeworben».

***

Max Freuler schwitzte auf dem Weg zur Arbeit, obwohl er auf Rat seiner Frau nicht den Skipullover angezogen hatte. Als er in der Früh aus dem Hause gegangen war, hatte seine Frau zu ihm gesagt: «Willst du tatsächlich ohne Pullover aus dem Haus, mitten im Winter?»

Er öffnete also die unterste Lade der schönen alten Kommode. «Welchen soll ich denn anziehen?», fragte Freuler, der in solchen Dingen manchmal sehr kompliziert war, und entschied sich für einen grob gestrickten Skipullover.

«Doch nicht den», protestierte Anita, «den leichten grauen.»

Freuler legte den Pullover wieder säuberlich in die Schublade, nahm den leichten und schob die Lade mit dem Fuss wieder zu. Früher hätte er das alte Möbel nicht so achtlos traktiert. Aber seit die Kinder aus dem Hause waren, hatten sie fast alle ihre alten Sachen verkauft und neue Möbel angeschafft. Einzig diese Kommode hatte Anita als Erinnerung noch behalten wollen. Freuler hätte das alte Stück am liebsten auch aus der Wohnung verbannt.

Die beiden Kinder waren längst erwachsen. Der Sohn arbeitete in der Werbung und hielt sich seit zwei Jahren in Amerika auf. Die Tochter war ganz in der Nähe als Kindergärtnerin tätig und hatte eine kleine Wohnung am Nadelberg. Sie pflegte immer noch eine intensive Beziehung zum Elternhaus und kam öfter mal vorbei. Freuler zog also seine Jacke nochmals aus und den Pullover über das Hemd. Anita wusste, warum sie ihn ermahnte, sich warm genug anzuziehen, denn er hatte die Gewohnheit, ständig in zu leichter Kleidung herumzulaufen. Das kam daher, weil ihm eigentlich immer zu heiss war. Zudem war die Luft im Büro immer zu trocken, also ideale Voraussetzungen, um sich zu erkälten.

Freuler hatte oft Schlafprobleme. Auch diese Nacht hatte er mehrere Stunden wach gelegen. Ob es jeweils wirklich mehrere Stunden waren, konnte er zumeist morgens nicht mehr genau sagen, jedenfalls war er dann übel gelaunt. Er wohnte mit seiner Frau am Leonhardsgraben, in einer alten, sehr aparten Dreizimmerwohnung mit kleinem Garten. Er liebte es, in seiner freien Zeit die Rosen zu pflegen, den Apfelbaum im Frühling zu schneiden und zwei, drei Beete mit Gemüse anzulegen. Im Herbst brachte er manchmal gar einige von seinen Äpfeln mit ins Büro.

Meist ging er zu Fuss zum Kommissariat. Vom Leonhardsgraben hatte er mehrere Möglichkeiten, zur Binningerstrasse zu gelangen. Er konnte vom Kohlenberg hinunter zum Barfüsserplatz gehen, von dort durch die Steinenvorstadt zur Heuwaage, wo die Binningerstrasse begann. Die andere Möglichkeit war, entlang des Gymnasiums zur Steinenbachtreppe und hinab zum Wagenhals, um so zur Heuwaage zu gelangen. Heute hatte er die letztere Möglichkeit bevorzugt und schlenderte nun zum Gebäude der Staatsanwaltschaft, worin sich auch das Kriminalkommissariat befand.

Freuler setzte sich auf eine Bank, die entlang des Birsig aufgestellt war, mit dem Rücken zum Kommissariat, und schaute in das träge dahinfliessende Wasser des Flüsschens. Enten standen auf dem Flussgrund, und das Wasser floss ihnen zwischen den Beinen hindurch. Ob der Birsig jemals mehr Wasser geführt hatte, wusste Freuler nicht, jedenfalls waren ihm keinerlei Überschwemmungsereignisse bekannt. Er zündete sich eine Zigarette an, um den Arbeitsbeginn noch etwas hinauszuzögern. Seit fünfundzwanzig Jahren arbeitete er jetzt schon in diesem Beruf, und er bereitete ihm je länger je mehr Mühe. Acht Jahre musste er noch ausharren bis zur Pension, somit lohnte es sich kaum noch, den Beruf zu wechseln.

Die Zigarette hatte er fertig geraucht, und nach alter Gewohnheit schnippte er sie mit dem Zeigefinger über den Daumen weg, diesmal ins Gras, wo noch eine Zeit lang ein kleines Räuchlein aufstieg. Ein kühler Wind hatte nun eingesetzt, und Freuler fing trotz Pullover an zu frösteln. Vielleicht deshalb, weil ihm vorher, beim Gehen, zu warm war. Er stand auf und ging zum Kommissariat. Ob ihn da irgendwelche Neuigkeiten erwarteten, wusste er nicht, jedenfalls hatte er Pikett. Er teilte sich diesen Pikettdienst mit zwei anderen Polizisten. Je nachdem, wer gerade Dienst hatte, musste die aktuellen Fälle übernehmen und auch zu Ende führen. Er steckte seine Codekarte in den Schlitz und betrat das Gebäude der Staatsanwaltschaft, grüsste mal da ein bekanntes Gesicht, dort mal eine Kollegin und ging in sein Büro. Im Moment hatte er noch einen Fall von Drogenhandel zu lösen. Er war, wie meist bei solchen Fällen, bei kleineren und mittleren Gaunern hängen geblieben und kaum an die grossen herangekommen. Dieses Geschäft war derart raffiniert organisiert, dass irgendwann die Verbindungen auf dubiose Weise versickerten. Es war frustrierend.

Als Erstes las Freuler die Basler Zeitung, sein täglicher Auftakt zur folgenden Arbeit. Immer noch etwa drei Prozent Erwerbslose, denen sogar einmal die Arbeitslosengelder gekürzt werden sollten, aber der Souverän hatte das abgelehnt. Zum Glück, dachte Freuler, sonst wäre vielleicht die Kriminalitätsrate noch mehr angestiegen. Von etwas musste der Mensch ja leben können. Es gab auch schon Tausende von Ausgesteuerten, die vielleicht von Sozialhilfe lebten, und viele, die aus Stolz oder aus was für Gründen auch immer darauf verzichteten. Dann die vielen Ausländer, die oft nicht imstande waren, all die Formulare korrekt auszufüllen. Freuler stellte sich manchmal vor, wie das wäre, wenn die staatlichen Sozialsysteme samt dem Gewaltmonopol zusammenbrechen würden und ein totales Chaos ausbräche.

Freuler hatte heute kaum etwas gearbeitet, Papierkram, sonst nichts. Hans Meierhans, sein Kollege, war nachmittags kurz in sein Büro gekommen. Das machte er öfter, wenn er mit einem Fall nicht weiterkam oder ihm irgendwie langweilig war. Gegenseitig tauschten sie ihre Frustrationen aus. Meierhans ermittelte wieder mal im Sexgewerbe, was etwa die gleichen Resultate brachte wie im Drogenmilieu. An die wirklichen Drahtzieher kam man kaum ran, und wenn man einen erwischte, hatte er ein lupenreines Alibi oder war möglicherweise schon tot, von der Konkurrenz umgelegt. Allerdings, so schlimm wie in anderen Ländern irgendwo im Osten war es noch nicht, aber Anzeichen davon waren durchaus vorhanden.

«Na, was machen deine Nutten?», liess Freuler höhnisch vernehmen.

«Was sollen sie schon machen, und was heisst da ‹meine›? Zudem bumsen sie nicht die ganze Zeit.»

«Jetzt sei doch nicht so anspruchsvoll», erwiderte Freuler mit einem wohlwollenden Unterton, denn er war gar nicht so sicher, ob Meierhans nicht ab und zu eine Liebesdienerin frequentierte, um ihr kleine Privilegien zu verschaffen, natürlich so, dass es gerade noch legal war. Zwar, es könnte schon mal problematisch sein, aber solange die Vorteile für die Frau offensichtlich waren, hatte er kaum etwas zu befürchten. Wie auch immer, es waren nur Vermutungen.

Wenn ein Fall allzu komplex war, arbeiteten die zwei Kollegen auch mal zusammen, aber zumeist waren sie Einzelkämpfer, vor allem Meierhans, der auch alleine lebte. Insofern verstand Freuler dessen Inanspruchnahme käuflicher Damen.

Den Rest des Tages blieb es ruhig im Kommissariat, und schon um vier Uhr machte sich Freuler auf den Heimweg. Er verliess das Gebäude mit den Glasbausteinen, überquerte die Strasse, warf einen Blick in den Birsig, wo immer noch die Enten im seichten Wasser standen, die Hunde in die Wiese schissen und zwei Drögeler den Uferweg entlangwankten. Arme Teufel, dachte er, immer wieder mal gehetzt, dann gefasst und wieder laufen gelassen, in völlig sinnlosem Kreislauf.

Bei der Heuwaage brauste der Verkehr über den Steinenringviadukt. Freuler ging Richtung Steinenvorstadt. Die Dämmerung hatte schon fast eingesetzt, überall brannten die Lichter, und in einigen Schaufenstern leuchteten bereits die ersten Weihnachtsbäume. Ihm schien, dass der Weihnachtsrummel jedes Jahr früher einsetzte. Kaum waren die letzten Freibäder geschlossen, wurden die Kerzen angezündet. Und waren diese ausgeblasen, leuchteten die ersten Ostereier. Es war einiges kühler geworden seit vormittags, und er schlug seinen Mantelkragen hoch. Beim Barfüsserplatz war der Lunapark mit den vielen Karussells in vollem Betrieb. Es war Herbstmesse. Überall waren Marktstände aufgestellt, wo alles Mögliche feilgeboten wurde: Basler-Läckerli, Nippsachen, Kleider, Früchte, Geschirr, Magenbrot, Eingemachtes, Rosenküechli, Spielsachen, CDs und anderer sich als Weihnachtsgeschenke eignender Kram. Die Karussells wurden jedes Jahr wilder. Auf den einen wurden die Menschen auf einer Art Schleudersitz angeschnallt, horizontal hin- und hergeschüttelt, dann vertikal auf und ab gejagt und praktisch um die eigene Achse gedreht. Auf den anderen wurden die Leute in einen riesigen Propeller gesetzt und zentrifugiert. Natürlich gab es immer noch die Rössliryti für die Kleinen, ein Karussell mit Holzpferden, Zebras, Kutschen und Motorrädern, die sich ganz einfach im Kreise drehten. An einem Marktstand kaufte Freuler zweihundertfünfzig Gramm gebrannte Mandeln, weil er wusste, dass seine Frau die so sehr liebte. Dann ging er langsam den Kohlenberg hoch zum Leonhardsgraben und freute sich, bald zu Hause zu sein.

«Schon Feierabend?», begrüsste ihn Anita.

«Ja, kein Mord, kein Totschlag, nichts. Bin ich zu früh?»

«Nein, überhaupt nicht, ich hatte aber heute keine Lust zum Kochen.»

Anita hatte sich die Haare hinten hochgesteckt und ein neues dunkelblaues Kleid angezogen, das sehr schön zu ihren blonden, schon leicht angegrauten Haaren passte und ihre noch immer gute Figur bestens zur Geltung brachte. Sie war etwas grösser als ihr Mann, deshalb trug sie zumeist Schuhe ohne hohe Absätze, um nicht noch grösser zu scheinen. Freuler mit seinen gelichteten Haaren und dem leichten Bauchansatz wirkte eher untersetzt und stämmig. Zusammen stellten sie aber immer noch ein sehr attraktives Paar dar.

«Egal, wenn du nicht kochst, ich hab dir was zum Essen mitgebracht», sagte Freuler.

«Was denn?»

«Rate mal.»

«Keine Ahnung.»

«Da schau.» Er hielt ihr das Säckchen mit den Mandeln unter die Nase.

«Das ist aber lieb von dir, doch davon werde ich nicht satt.»

«Zum Dessert», sagte er, aber seine Frau hatte das Säckchen schon geöffnet und eine der Mandeln in den Mund gesteckt. Freuler befürchtete, dass, wenn sie einmal angefangen hatte zu essen, zu keinem Dessert etwas übrig bleiben würde.

«Wohin sollen wir denn essen gehen?»

«Wir könnten jetzt doch mal in diesen ‹Teufelhof›. Jetzt

wohnen wir schon so lange praktisch nebenan und waren noch nie dort», sagte Anita.

«Doch, ich war schon drin an der Bar. Ein Bier kostet sechs Franken, die spinnen.»

«Aber das Essen soll sehr gut sein, hab ich gehört.»

«Möglich, aber das Ganze ist mir zu snobistisch, und das Essen kostet ein Vermögen.»

«Mit diesen hohen Preisen finanzieren sie ihr Kulturprogramm, Theater und bildende Kunst.»

«Ich möchte aber essen, keine Theater unterstützen.»

«Banause, dann schlag du was vor.»

«Im Steinen –»

«Nicht schon wieder.»

«Oder rustikal im ‹Braunen Mutz›.»

«Dort ist es mir zu laut und zudem, was willst du dort essen?»

«Ich hätte wieder mal Lust auf eine Weisswurst.»

«Scheusal», sagte Anita, «aber wenn du unbedingt willst.»

***

Luigi war eben im Begriff, nach seiner bewährten Methode Firmen aus dem Telefonbuch rauszusuchen, um sie dann in sein standardisiertes Bewerbungsschreiben einzutragen, als seine Frau nach Hause kam. Er empfand es als Kränkung, dass seine Frau eine Arbeit hatte, er jedoch zu Hause sass und Bewerbungsschreiben aufsetzte. Einige Male hatte er schwarzgearbeitet, aber als Gewerkschafter missfiel ihm dies sehr.

«Man sollte eine Bank überfallen», sagte er zu seiner Frau beim Nachtessen. Es gab Rösti und Bratwürste.

«Ach, hör doch auf und iss jetzt», sagte seine Frau, die Heidi hiess. «Schmeckt es nicht? Spaghetti gibt es morgen wieder.»

«Doch schon. Ich hab nur keinen grossen Hunger.»

Er hatte wie immer die Stellenanzeigen dreier Zeitungen durchgeblättert. Nichts! Es war zum Verzweifeln. Vor einiger Zeit hatte er noch eine oder zwei wirkliche Bewerbungen, neben seiner Telefonbuchmethode, schreiben können, aber nun schienen auch die allerletzten Unternehmer ihren Wagen selbst zu steuern oder hatten bereits einen Asylsuchenden eingestellt. Er wagte kaum daran zu denken, ausgesteuert zu werden, Sozialhilfe zu beziehen oder nur noch mit dem Gehalt seiner Frau auskommen zu müssen. Die Tochter machte eine Köchinnenlehre im «Schifferhaus» in Kleinhüningen, war aber glücklicherweise schon achtzehn und im dritten Lehrjahr, also bald nicht mehr von den Eltern finanziell abhängig.

«Hast du deine Tabletten genommen?», fragte Heidi.

«Ja», sagte Luigi. «Weisst du, wen ich getroffen habe?»

«Nein, woher soll ich das wissen?»

«Schwarzenbach, samt Chauffeur.»

«Hat er wieder einen eingestellt?»

«Ja, einen Asylanten, einen Tamilen.»

«Ach so.»

«Was hältst du denn davon?»

«Was soll ich davon halten? Es erstaunt mich überhaupt nicht. Der macht doch dieselbe Arbeit zum halben Lohn, denke ich.»

«Genau», sagte Luigi und ass den Rest seiner Rösti. «Irgendwo hab ich den schon gesehen.»

«Wen?»

«Diesen Tamilen.»

«Sehn die nicht alle gleich aus? Übrigens, da liegt noch deine Tablette», sagte Heidi leicht vorwurfsvoll. «Du sagtest doch vorhin, du hättest sie genommen?»

«Die nach dem Frühstück, die zweite muss ich später nehmen, ich habe ein Bierchen getrunken.»

«Trink nicht so viel.»

ZWEI

Schwarzenbach ging über seinen frisch gemähten Rasen und überprüfte scheinbar die Gartenarbeiten, die Thamby gemacht hatte. Am Rande des Rasens lagen drei Blätter, vom nachbarlichen Pflaumenbaum herübergeweht. Er las sie auf, murmelte etwas vor sich hin und schmiss die Blätter über den Zaun in Nachbars Rosenrabatte. Seine Frau hatte ihm schon oft geraten, doch ab und zu im Garten zu arbeiten, als Ausgleich zum Stress und dem ständigen Sitzen im Bürostuhl oder im Auto. Er war dann manchmal mit einer Baumschere durch den Garten marschiert und hatte völlig sinnlos irgendwo ein paar Äste, Blätter oder Blüten abgeschnitten. Dergestalt hatte er einige Rosenstöcke und andere Gewächse ruiniert und schliesslich mit der Gartenarbeit wieder aufgehört. Dann wurde ein Gärtner für diese Arbeiten engagiert. Thamby hatte dem Fachmann ein-, zweimal zugeschaut und mehr oder weniger alles begriffen.

Schwarzenbach wandte sich der Garage zu, die Sauberkeit des Mercedes zu kontrollieren. Er drückte auf die Fernbedienung der automatischen Öffnungsvorrichtung seines Garagentors und wartete, bis es sich langsam geöffnet hatte. Vor ihm stand das glänzende Ding. Er fuhr mit dem Finger über den Lack. Das Auto war tadellos sauber. Das hätte er nie geglaubt, dass diese Tamilen so pingelig sind. Schwarzenbach war zufrieden.

Weniger zufrieden war das Paar über Gwendolines Unfruchtbarkeit. Also entschlossen sie sich schliesslich vor einigen Jahren, ein Kind zu adoptieren. Schwarzenbach hatte sich eigentlich einen Jungen weisser Hautfarbe gewünscht, um einen Stammhalter und Erben für seine Farbenfabrik heranzuziehen. Es ist jedoch nicht möglich, Kinder wie im Supermarkt einfach nach seinen Bedürfnissen auszuwählen. Und zuwarten mochten sie auch nicht, irgendwann wäre das Alterslimit überschritten worden; Adoptiveltern dürfen nicht mehr als vierzig Jahre älter sein als das Kind. Was ihnen angeboten wurde, waren schwarzafrikanische, südostasiatische und südamerikanische Kinder. Sie entschlossen sich dann für Carmen, ein Mädchen aus Paraguay, das nicht allzu dunkelhäutig war.

Carmen war nun vierzehn Jahre alt und sehr intelligent, einzig mit der deutschen Sprache hatte sie Probleme. Also steckten die Adoptiveltern das Kind in eine Privatschule, und zwar in ein Internat nahe der deutschen Grenze, und es kam nur am Samstag und Sonntag nach Hause. Das kam auch der Adoptivmutter sehr gelegen, denn die ständige Anwesenheit eines Kindes hätte ihren Tagesablauf gehörig durcheinandergebracht. Umso mehr liessen sich die Eltern, wenn es um materielle Dinge oder auch die Bildung ging, nicht lumpen. Glücklicherweise fühlte sich Carmen sehr wohl in diesem Internat. Jedenfalls war Carmen meist nicht unglücklich, wenn sie Sonntagabend wieder ins Internat zurückkonnte, wo neben gleichaltrigen Mädchen auch sehr freundliche Betreuerinnen waren. Mit Luigi hatte sie sich ausgezeichnet verstanden und vermisste ihn. Was genau der Konflikt gewesen war, wusste sie natürlich nicht. Schwarzenbach hatte oft mitangesehen, wie die beiden herumalberten, und war deshalb auch etwas eifersüchtig gewesen. Carmen hatte er erklärt, Luigi sei nicht mehr bereit gewesen, sie sonntags ins Internat zurückzubringen, was Carmen aber nicht recht glauben konnte. Inzwischen mochte sie auch Thamby ganz gut, der sehr lieb zu ihr war.

Schwarzenbach hatte die Farbenfabrik von seinem Vater übernommen, ein Patriarch alter Schule. Dieser hatte seinen Sohn, der keine besonderen Talente hatte und auch in der Schule kein Licht gewesen war, mit Nachhilfestunden und in Privatschulen so weit gebracht, dass er mit Ach und Krach und Beziehungen irgendwo im Kanton Graubünden seine Maturaprüfung bestand. Sein Jurastudium brach er, nachdem sein Vater überraschend gestorben war, wieder ab und setzte sich ohne besondere Ausbildung direkt in den Chefsessel.

Bald darauf hatte er sich schon mal überlegt, die Produktion irgendwo in ein ehemaliges Ostblockland zu verlegen, aber für den grössten Teil der Arbeiten war er auf hiesige Fachkräfte angewiesen. Vor allem im Aussendienst und in der Spedition mussten Leute beschäftigt werden, die mit den Handwerkern den richtigen Ton fanden. Es arbeiteten deshalb auch viele ehemalige Maler im Betrieb. Einzig die Produktion liesse sich allenfalls mit nicht qualifizierten Leuten irgendwo in Rumänien realisieren. Das lohnte sich aber kaum. Schwarzenbach hatte ohnehin vor nicht allzu langer Zeit die zehn ausländischen Arbeitskräfte in der Produktion und in den Abfüllanlagen mit computergesteuerten Anlagen ersetzt. Beim Umbau waren einige Sünden aus früheren Zeiten, als man noch ein lockereres Verhältnis zu Entsorgungsproblemen hatte, zum Vorschein gekommen. Von denen glaubte er, dass ausser den Entlassenen und in ihr Heimatland zurückgekehrten Leuten nur Luigi Kenntnis habe.

Carmen ass Sonntagabend meist noch bei ihren Adoptiveltern. Heute hatte die Köchin frei, und die Herrin des Hauses hatte keine Lust gehabt, etwas zu kochen. Die Tochter ass nur Salat und Brot.

«Willst du keinen Käse oder etwas Fleisch?», fragte Schwarzenbach.

«Nein, wir essen kein Fleisch mehr», sagte Carmen.

«Wer wir?»

«Ein paar Mädchen in der Klasse.»

«Ist das die Idee irgendeines Lehrers?»

«Nein», sagte sie, «wir sind selbst auf die Idee gekommen. Weil Tiere auch eine Seele haben und die Fleischproduktion mit an der Klimaveränderung Schuld hat.»

Das erste Argument hätte Schwarzenbach noch als idealistische Jugendsünde gelten lassen, aber das zweite ging ihm schon etwas an die Nieren, denn es erinnerte ihn daran, dass auch er noch eine kleinere Umweltleiche im Schrank hatte. Deshalb war der Ton, den seine Antwort darauf hatte, eher ungewöhnlich. «Ach hör doch mit diesem Quatsch auf. Da könntest du überhaupt nichts mehr essen. Einer dieser Lehrer muss euch diesen Floh ins Ohr gesetzt haben.»

«Aber sie sagt doch, dass es kein Lehrer war. Jetzt lass sie doch, wenn sie kein Fleisch essen will», sagte Gwendoline, und somit war dieses Thema vom Tisch.

«Wie spät ist es denn?», wollte Schwarzenbach wissen und schaute auf seine Uhr. «Erst Viertel nach sechs», gab er sich die Antwort gleich selbst.

«Thamby wartet schon unten beim Auto, ich hab ihn jedenfalls gehört», sagte Gwendoline.

Carmen wischte sich den Mund und war im Begriff aufzustehen.

«Bist du nicht zu früh?», sagte der Vater.

«Bis sie ihre Sachen zusammengepackt hat, dauert es noch eine Weile», sagte Gwendoline.

Carmen ging nach oben in ihr Zimmer und kam nach fünf Minuten mit ihrer Tasche schon wieder runter, bereit, ins Internat gefahren zu werden.

DREI

Freuler schlug mit der Hand gegen den Wecker. Er wollte ihn zum Schweigen bringen, traf aber die Stopptaste nicht, sondern schubste gleich die ganze Uhr zu Boden, wo sie weiterschrillte. Er fluchte, machte Licht, nahm das lästige Ding und drückte die Stopptaste. Es war sieben Uhr, und aus der Küche duftete es angenehm nach Kaffee, somit dauerte seine schlechte Laune nicht lange, vor allem aber auch deshalb, weil er ausnahmsweise ganz gut geschlafen hatte. Er ging unter die Dusche und liess das heisse Wasser über seinen Körper brausen.

Nach dem Frühstück machte er sich auf den Weg zur Arbeit. Er ging diesmal zur Kohlenberggasse, die wie eine Galerie über der gleichnamigen Strasse thronte, die steil zum Barfüsserplatz hinunterführte, vorbei an der Frauenarbeitsschule, die Steinentreppe hinunter zur Heuwaage und auf dem direkten Weg ins Büro.

Meierhans war auch schon da. Er hatte sich am Automaten einen Kaffee geholt und kam damit ins Büro.

«Dass du das trinken kannst.»

«Der ist gar nicht so schlecht, wie du immer meinst», sagte Meierhans zu Freuler.

«Wie war denn das Wochenende?», fragte Meierhans.

«Geruhsam und entspannend.»

«Wart ihr an der Herbstmesse?»

«Wir sind durch die Budenstadt gestreift, das ist alles.»

«Kein einziges Mal auf der Rössliryti?»

«Kein einziges Mal», sagte Freuler belustigt.

«Aber du hast deiner Frau gebrannte Mandeln gekauft.»

«Ja, woher weisst du das?»

«Das machst du doch jedes Jahr.»

«Und du, wo warst du?»

«Im Elsass, wie jedes Wochenende.»

Meierhans hatte ein Wochenendhaus in Hindlingen. Dort

fuhr er meist am Wochenende hin, um in einem der vielen Seen zu fischen.

«Hast du was gefangen?»

«Zwei Forellen, die hab ich zum Nachtessen gegessen.»

«Falls du wieder mal welche übrig hast, wir sind immer noch dankbare Abnehmer.»

«Kommt doch wieder mal mit.»

«Danke für die Einladung. War Roland auch dabei?»

«Nein, ich hatte einfach keine Lust mehr, mir seine Geschichten aus dem Milieu am Wochenende auch noch anzuhören.»

«Versteh ich», sagte Freuler, «es ist ja ohnehin eine etwas sonderbare Wochenend-Freundschaft: Polizist und Bordellbesitzer.»

«Beides legal. Was glaubst du, wie viele nützliche Informationen er mir schon gegeben hat. Und ausserdem, was sagst du immer: Der Gesetzesbrecher und der Gesetzeshüter seien sich sehr ähnlich und würden sich eigentlich bestens verstehen, hätten sie nicht eben die Gesetze zu Rivalen gemacht. Roland gehört nicht nur ein Bordell, er hat auch noch zwei Restaurants.»

«Welche denn?»

«Das ‹Vogelnest› und ein ganz nobles», erwiderte Meierhans, als das Telefon läutete.

Freuler hob den Hörer ab. «Freuler, wie bitte? … Guten Tag, Herr Schwarzenbach. … Wann? … Wieso rufen Sie erst heute Montag an? … Ach so, Sie dachten an einen üblen Scherz. … Kamen noch weitere Anrufe? … Nein? Gut. Falls nochmals ein Anruf kommt, tun Sie so, als würden Sie Ihre Tochter wirklich vermissen. Das ist ganz wichtig, sonst verlieren wir den Kontakt, wenn keine Anrufe mehr kommen. Ich werde inzwischen eine Telefonüberwachung beantragen. Geben Sie mir bitte Ihre genaue Adresse … Haben Sie eine Ahnung, wer das gewesen sein könnte? … Ihr ehemaliger Chauffeur, den Sie entlassen haben? … Beschimpft? … Kolonialist, wieso Kolonialist? … Ach so. Haben Sie eingestellt, alles klar. Wie heisst der Mann? Moment.» Freuler nahm einen Kugelschreiber und einen Notizblock und schrieb sich den Namen auf. «Luigi Spadola … Adresse? Wissen Sie nicht mehr, aber er wohnt in Basel, Klingentalgraben, gut, das finden wir raus … Eine indiskrete Frage, wäre es Ihnen überhaupt möglich … ach so, Sie sind … Entschuldigung, dass ich nicht gleich … aber es ist wichtig zu wissen, gut … klar, vielen Dank, auf Wiederhören.»

«Was war das?», wollte Meierhans wissen.

«Ich weiss nicht, vielleicht ein übler Scherz. Er habe gestern Abend einen Telefonanruf erhalten, sie hätten seine Adoptivtochter entführt, unmittelbar bevor sie ins Internat zurückkehren sollte. Sie wollen ein Lösegeld von fünfhunderttausend Franken, andernfalls … du weisst ja schon. Dann rief er, also Schwarzenbach, sofort im Internat an, wo ihm jedoch erklärt wurde, die Tochter sei wohlbehalten und liege bereits in ihrem Bett. Er hat sogar noch mit ihr gesprochen. Seiner Frau habe er noch nichts davon erzählt, um sie nicht unnötigerweise zu beunruhigen. Trotzdem habe er es als seine Pflicht erachtet, die Polizei zu informieren.»

«Gestern Sonntag soll das stattgefunden haben?», wunderte sich Meierhans. «Und ruft erst Montag früh an?»

«Er fand es nicht sehr dringend, er wusste ja, dass seine Tochter gar nicht entführt worden war.»

«Ist die jetzt nicht in Gefahr, vielleicht war das eine Ankündigung?», gab Meierhans zu bedenken.

«Dann müsste der Entführer aber nicht nur blöde, sondern geradezu schwachsinnig sein, wenn er die Betroffenen erst warnt.»

«Wer ist das überhaupt, dieser Schwarzenbach?»

«Das ist der mit der Farbenfabrik in Kleinhüningen.»

«Ach so, der. War da nicht mal irgendwas?», fragte Meierhans.

«Nichts Konkretes, soviel ich weiss. Er stand einfach, glaube ich, mit Umweltorganisationen auf Kriegsfuss, das bringt die Materie so mit sich.»

«Könnte also der üble Scherz auch aus diesen Kreisen stammen?»

«Kaum, weshalb auch?»

«Vielleicht, um ihn zu ärgern.»

«Oder vom Fahrer, den er entlassen hat, der kommt schon eher für so was in Frage. Wenn einer seinem Chef auflauert und ihn beschimpft.»

«Na, und was willst du jetzt machen, die Kleine unter Polizeischutz stellen?»

«Erst möchte ich jetzt auch einen Kaffee», stellte Freuler lakonisch fest.

***

Schwarzenbach war trotz allem doch beunruhigt über diesen Telefonanruf. Wer könnte das sein? Das war nicht Luigis Stimme, die hätte er erkannt. Aber nach dieser Begegnung letzte Woche, bei der er ihn beleidigt hatte, war es ihm gerade recht, ihn etwas anzuschwärzen. Seiner Ansicht nach waren die «Täter» im grün-umweltschützerischen Bereich zu orten. Ob die vielleicht doch etwas rausgekriegt hatten über seine Rampe, beziehungsweise, was darunter war? Die würden aber kaum solche Methoden anwenden. Oder Thambys Asylantenfreunde? Noch weniger. Die waren viel zu sehr mit ihrem Aufnahmebegehren beschäftigt, und es gab ja auch keine Motivation für sie, so was zu tun.

Thamby hatte montags immer frei, dafür musste er Samstag und Sonntag zur Verfügung stehen. Schwarzenbach ging in die Garage, um nach seinem Wagen zu sehen. Der stand da, wohlbehalten und unversehrt. Nicht mehr ganz so sauber, aber Thamby würde ihn dienstags als Erstes waschen. Das Telefon läutete. In Vor-Handy-Zeiten hatte er sich noch einen Apparat in der Garage anbringen lassen. Er meldete sich. Es war nicht dieselbe Stimme wie letztes Mal. Sie hatte jetzt ein eindeutiges Baselland-Idiom. Es mussten also zwei sein, denn der Erste, der angerufen hatte, sprach einen klaren Stadtdialekt. Es gelang Schwarzenbach leidlich gut, den um seine Tochter bangenden Vater zu mimen.

«Ich bin bereit zu zahlen, nur tun Sie meiner Tochter nichts an», lamentierte er ins Telefon.

Der Entführer sagte, er solle schon mal zur Bank fahren, später werde ihm dann mitgeteilt, wie und wo die Übergabe stattfinden solle, und hängte wieder auf.

Schwarzenbach rief sogleich die Kriminalpolizei an. Dort hatte Freuler dieses Gespräch bereits mitgehört und machte Schwarzenbach Komplimente für dessen schauspielerisches Talent. Der wollte von Freuler wissen, was die Polizei jetzt zu tun gedenke, irgendwie käme ihm das Ganze unheimlich vor. Freuler sagte, dass er noch heute in dieses Internat fahren wolle, um sich die Schule und die Wohnsituation anzuschauen und vor Ort zu entscheiden, ob es notwendig wäre, das Mädchen unter Polizeischutz zu stellen.

***

Gegen Abend ging Freuler zum Klingentalgraben, den ehemaligen Chauffeur aufzusuchen. Erst wollte er den Wagen nehmen, hatte aber keine Lust, sich in die Feierabendkolonnen einzugliedern, deshalb nahm er das 6er-Tram an der Heuwaage und fuhr zur Schifflände. Von dort ging er zu Fuss dem Rhein entlang zur Klingentalfähre, deren Anlagestelle sich auf der anderen Flussseite unmittelbar beim Klingentalgraben befand. Diese Fahrten mit den Rheinfähren hatten für ihn etwas nahezu Meditatives. Wenn es sich einrichten liess und die Zeit es erlaubte, fuhr er mit einem dieser Schiffe von einem Flussufer zum anderen. Man hatte das Gefühl, sich in einer anderen Zeit zu befinden.

Über den Rhein war ein Drahtseil gespannt, worüber eine Laufrolle, welche mit einem weiteren Seil mit der Fähre verbunden war, von einem Ufer zum anderen lief. Je nach Stand des Steuerruders wurde nun durch die Kraft der Strömung die

Fähre auf die gegenüberliegende Seite gezogen. Ein schönes Beispiel sinnvoller Energienutzung. Von einem kleinen Steg gelangte man auf den Kahn. Der Fährimaa bemühte sich durch Heranziehen der Fähre, den Abstand zum Steg möglichst klein zu halten, damit kein Passagier durch den Spalt ins Wasser fiel. Der Kapitän warf das Zugseil auf die andere Bordseite, und das Boot setzte sich langsam in Bewegung. Nur ein leises Plätschern des Wassers und ein Rumpeln des Zugmechanismus waren zu hören. Im gedeckten Teil der Fähre hingen an den Wänden Bildchen, Sinnsprüche und Postkarten, von denen man den Eindruck hatte, sie hingen schon seit fünfzig Jahren dort. Während Freulers Überfahrt zog sich der Fährimaa auf eine kleine Bank zurück, um in einem Buch zu lesen. Wahrscheinlich wusste er ganz genau, wie viele Seiten er jeweils pro Überfahrt lesen konnte, sodass er das Anlegen des Bootes am anderen Ufer nicht verpasste. Je mehr man sich der von den letzten Sonnenstrahlen beleuchteten Häuserzeile auf der Kleinbasler Seite näherte, umso mehr verschwamm die andere immer mehr im Dunst und Nebel. Auf der Uferverbauung sassen noch einige Unentwegte und genossen die letzten Sonnenstrahlen.

Freuler setzte sich auch einen Moment hin, blinzelte in die Sonne und zündete sich eine Zigarette an. Hinter ihm das rostrote Gebäude der Kaserne, in der kein Soldat mehr gedrillt, sondern ein kulturelles Angebot präsentiert wurde. Seine Tochter hatte eine Zeit lang aktiv in einer Gruppe von Leuten mitgewirkt, die Tanzveranstaltungen organisierten. In den siebziger, Anfang achtziger Jahren hatten auch andere Enthusiasten für Gotteslohn in dieser Kleintheater- und Alternativ-Kleinkunst-Szene mitgearbeitet. Seit einiger Zeit jedoch war die Kaserne eine professionell geführte Kulturstätte. Die Sonne war nun endgültig hinter der Grossbasler Häuserzeile untergetaucht, und Freuler schnippte den Zigarettenstummel auf seine ihm gewohnte Weise in den Rhein. Er stand auf und ging den Klingentalgraben hoch, bis er die gewünschte Nummer fand. Es war ein Wohnblock aus den fünfziger Jahren, schlicht und hässlich. Auf den Balkonen der gewohnte Krimskrams, Koniferen in Eternitkistchen und jetzt, in der Vorweihnachtszeit, einige Tannenbäume mit farbigen leuchtenden und blinkenden Kerzen. Auf dem einen Balkon sass, in einem der Blumenkistchen, ein Zwerg-Sankt-Nikolaus, der von innen beleuchtet war. Freuler trat ins Treppenhaus, ging zum ersten Stock und läutete bei Spadola. Luigi öffnete die Tür.

«Grüss Gott», sagte Freuler.

«Guten Tag, Sie wünschen?»

«Mein Name ist Freuler, Kriminalpolizei, darf ich Ihnen ein paar Fragen stellen?»

«Fragen, was für Fragen?»

«Es handelt sich um Ihren ehemaligen Chef.»

«Schwarzenbach? Bitte kommen Sie rein.» Luigi öffnete die Tür zu einer einfachen Dreizimmerwohnung mit gross gemusterten Spannteppichen. Er führte Freuler ins Wohnzimmer, wo eine gelbe Kunstleder-Polstergruppe und eine grosse Wohnwand den Raum zierten. Der Fernseher lief. Luigi stellte ihn etwas leiser. «Nehmen Sie Platz. Möchten Sie auch ein Bier?»

Freuler setzte sich und sagte: «Danke, nein.»

Luigi öffnete für sich eine Flasche und fragte: «Um was geht es?»

«Sie kennen sicher Schwarzenbachs Adoptivtochter?»

«Carmen? Was ist mit ihr?» Am Tonfall, wie er diesen Namen aussprach, war unschwer zu erkennen, wie gut er sie mochte.

«Bis jetzt nichts, aber Schwarzenbach hat einen Anruf von angeblichen Entführern erhalten, sie sei entführt worden, was aber nicht stimmt. Sie ist wohlbehalten im Internat. Jemand hat sich einen schlechten Scherz erlaubt.»

«Und Schwarzenbach hat Ihnen erzählt, dass wir eine unangenehme Begegnung hatten.»

«So ungefähr.»

«Und Sie glauben, dass ich es war, der sich diesen Scherz erlaubt hat?»

«Ich glaube gar nichts, aber vielleicht haben Sie eine Ahnung …?»

«Ach, wissen Sie», sagte Luigi, «da gibt es so viele Leute, die den nicht mögen.»

«Welche denn?»

«Da sind erst mal die Behörden, mit denen er dauernd auf Kriegsfuss stand, dann all die vielen Leute, die er entlassen hat, als er einen grossen Teil seiner Produktion eingestellt hatte. Ausserdem ist er selbst bei seinen Fabrikantenfreunden nicht besonders beliebt. Ich kann mir aber kaum vorstellen, dass einer von denen sich diesen makabren Scherz erlaubt hat.»

«Nicht sehr aufschlussreich», sagte Freuler, «aber wir müssen das jedenfalls ernst nehmen. Schwarzenbach hat schon einen zweiten Anruf mit Forderungen erhalten.»

«Wenn es sich nicht um Carmen handelte, würde ich sagen, ich hab kein Mitleid mit ihm.»

«Aber ich bitte Sie, haben Sie keine Kinder?»

«Doch, ja.»

«Na also, das wär's. Wenn Ihnen noch was einfällt, rufen Sie mich bitte an.» Freuler überreichte ihm seine Visitenkarte.

«Selbstverständlich, wenn es um Carmen geht, immer», versicherte Luigi.

Draussen war es inzwischen Nacht geworden, und Freuler wandte sich erst Richtung Rhein, entschied dann aber anders, ging durch den Klingentalgraben bis zum Eingang der Kaserne. Dort gab es früher mal einen Flohmarkt, der sich seit einigen Jahren am Petersplatz befindet. Händler der verschiedensten Kulturen verkauften dort nebst Geschirr, Werkzeugen und Haushaltsgeräten auch elektronische Apparate wie CD-Player, Videogeräte, Kassettenrekorder, Verstärker und Lautsprecherboxen. Inmitten von wirklich veralteten Modellen waren aber jeweils auch solche der neuesten Generation zum Verkauf angeboten worden, was immer wieder Stoff für fremdenfeindliche Interpretationen gab. Er ging zum Claraplatz und überlegte sich, ob Luigi Spadola vielleicht doch imstande wäre, seinen

Chef, von dem er ja wirklich nicht die beste Meinung hatte, mit solchen Anrufen zu terrorisieren? Freuler konnte es sich nicht vorstellen. Er ging über die Mittlere Brücke zum Marktplatz, den Spalenberg hoch, heimwärts.

VIER

Die Leiche wurde auf Schweizer Boden angeschwemmt; gegenüber dem Dreiländereck. Drei Meter weiter flussabwärts wäre sie auf deutschem Boden gelandet. Ein Matrose eines Frachtkahns, der vom Kleinhüninger-Hafen 1 Richtung Rotterdam ablegte, hatte den Toten Dienstag früh entdeckt und die Grenzwache alarmiert, die sich mit der Staatsanwaltschaft in Verbindung setzte. Freuler erhielt den Anruf noch zu Hause und liess sich von dort mit einem Dienstwagen zur deutschen Grenze bei Weil fahren. Der Mann war inzwischen von zwei Grenzbeamten aus dem Wasser gehoben worden. Der Ertrunkene war ungefähr vierzig Jahre alt und hatte eine Glatze. Zwei Beamte der Schifffahrts- und Hafenaufsicht, die im Hafen für Sicherheit und Ordnung zu sorgen hatten, waren mit ihrem Schiff herangefahren und erkannten den Mann sogleich. Dies sei Reinhard Schürch, der Koch des Restaurants «Schifferhaus». Somit war die Identität des Toten schnell geklärt, ausserdem steckten seine Ausweispapiere praktisch unversehrt in seiner Jacke, auch sein Portemonnaie. Es handelte sich offensichtlich nicht um einen Raubüberfall. Die ersten Untersuchungen vor Ort ergaben, dass er schon längere Zeit tot und anscheinend keine grobe Gewalt im Spiel gewesen war. Die Leiche wurde umgehend zur genaueren Abklärung ins gerichtsmedizinische Institut gebracht.

Freuler kannte das Schifferhaus gut. Er fuhr zur Hiltalingerstrasse, bog dann rechts in den Weiherweg, der zum «Schifferhaus» an der Bonergasse führte. Eigentlich erstaunlich, dachte Freuler, inmitten dieser Hafenlandschaft, mit ausgedienten Lagerhallen, unkrautüberwucherten Gleisanlagen, in einer Gegend, die teilweise den Anschein eines Niemandslandes vermittelte, ein solches Nobelrestaurant vorzufinden. Ein hoher schmiedeeiserner Zaun umgab das ganze Grundstück, worin das leicht barock anmutende Gebäude stand. Im Sommer wurde hier auch in einem grossen Gartenrestaurant bedient. An einem Nebengebäude, das jeweils als Büfett diente, hingen Schiefertafeln, worauf die mit Kreide hingeschriebenen Preise von Grillspezialitäten noch nicht weggewischt waren. Vom reich verzierten Gartentor bis zum Eingang des Restaurants war ein roter Teppich ausgelegt, etwas verwittert und vergilbt zwar, aber er gemahnte doch an die hier verkehrende finanzkräftige Klientel. Freuler stellte seinen Dienstwagen auf einen der Gästeparkplätze und zündete sich erst mal eine Zigarette an, ohne auszusteigen. Er überlegte, ob er sich sogleich offiziell anmelden oder sich erst ganz einfach als Gast ins Restaurant setzen sollte, um einen Kaffee zu trinken. Er entschied sich für das Zweite. Freuler ertappte sich dabei, wie er eben den Zigarettenstummel auf gewohnte Art und Weise aus dem Fenster schnippen wollte, überlegte es sich aber anders und drückte ihn im Aschenbecher aus, stieg aus dem Wagen und ging auf dem von Feuchtigkeit durchtränkten roten Teppich zum Restaurant. Dort setzte er sich im vorderen Teil des Wirtshauses an einen der Holztische und bestellte sich einen Espresso. Es sah gar nicht so nobel aus, wie er das erwartet hatte. Durch einen Durchgang blickte er in einen Nebenraum, wo zwei Frauen altertümlich anmutende Holztische für das Mittagessen herrichteten. Hinter dem Büfett waren aufgeregte Stimmen zu hören, und eine elegant gekleidete Frau ging nervös durch den Raum zu einer Tür, hinter der sich die Küche befand. Diese wurde von innen geöffnet, und für einen Moment konnte Freuler zwei Tamilen mit weissen Mützen erblicken. Nach kurzer Zeit kam die Frau wieder raus, Freuler erhob sich, ging auf sie zu und sagte: «Entschuldigen Sie, mein Name ist Freuler, sind Sie vielleicht die Wirtin?»

«Ja», antwortete sie hastig.

«Ich bin von der Kriminalpolizei, kann ich einen Augenblick mit Ihnen sprechen?»

Sie stutzte. «Kriminalpolizei? Gehen wir in mein Büro.»

Sie schien nichts Gutes zu ahnen und führte ihn aus der Gaststube in den Eingangsflur, von dort die Treppe hoch in den ersten Stock, wo sich auch noch Räume für intimere Bankette befanden. Dort in einem kleinen Zimmer hatte die Wirtin ihr Büro eingerichtet. Ausser einem Pult mit PC und einigem Papierkram standen in einer Ecke noch zwei Ledersessel und ein Clubtisch.

«Wollen Sie sich nicht setzen?»

Freuler setzte sich in einen der Ledersessel.

«Ist etwas mit dem Koch? Wir haben uns schon gewundert ...»

«Wie heisst Ihr Koch?»

«Schürch, Reinhard Schürch», sagte die Wirtin halb ängstlich, halb erwartungsvoll.

«Er wurde heute Morgen im Rhein gefunden, tot.»

Die Wirtin setzte sich nun auch. «Wo, um Himmels willen?»

«Beim Dreiländereck, genau gesagt gegenüber der deutschen Grenze.»

«Was ist denn passiert?»

«Bis jetzt haben wir keine Ahnung. Gewalt scheint nach bisherigen Erkenntnissen nicht im Spiel gewesen zu sein. Trank Ihr Koch manchmal zu viel?»

«Nein, überhaupt nicht. Er hat gerne mal ein Glas Wein getrunken, zum Essen. Wie kommt er denn überhaupt dorthin?»

«Vielleicht durch die Strömung. Es ist durchaus möglich, dass er zum Beispiel beim Dreiländereck ins Wasser fiel oder hineingestossen wurde, was auch immer.»

«Im Restaurant zum Rostigen Anker arbeitet ein Koch, den er gut kannte, dort ging er manchmal montags vorbei, da hatte er frei.»

«Hatte er irgendwelche Schwierigkeiten oder Feinde?»

«Nicht dass ich wüsste. Er war ein sehr guter Koch. Ich weiss wirklich nicht, was wir heute und die nächsten Tage machen sollen. Es ist schrecklich.»

«Wie kam er denn mit den Leuten zurecht?»

«Er war etwas autoritär, vor allem mit den Ausländern. Mit Thamby, einem der drei Tamilen, hatte er öfter Auseinandersetzungen wegen der Lehrtochter. Der hatte sich in sie verliebt, und sie glaube ich auch in ihn, was Schürch überhaupt nicht in den Kram passte. Wir haben uns da nicht eingemischt, sie ist ja bald neunzehn, aber vielleicht war er selbst verknallt. Seiner Ansicht nach sollten die Ausländer und Asylsuchenden sehr wohl hier arbeiten, aber gefälligst die Schweizer Mädchen in Ruhe lassen.»

«Wie heftig waren diese Auseinandersetzungen?»

«Offenbar hatte er ihm manchmal gedroht: ‹Wenn du sie nicht in Ruhe lässt, kannst du wieder dorthin zurück, wo du hergekommen bist.› Aber handgreiflich wurden sie meines Wissens nie. Es war weiter nicht allzu ernst zu nehmen. Zudem arbeitet Thamby gar nicht mehr hier.»

«Ach so. Wissen Sie, wo er jetzt arbeitet?»

«Bei einem Bekannten meines Mannes, als Privatchauffeur.»

«Ah, interessant, darf er das überhaupt als Asylbewerber?»

«Er ist als Flüchtling anerkannt, einer der wenigen. Die anderen zwei, die hier in der Küche arbeiten, warten noch darauf.»

«Wer ist denn dieser Bekannte Ihres Mannes?»

«Ein Farbenfabrikant, Schwarzenbach heisst er.»

«Schwarzenbach?», wiederholte Freuler konsterniert.

«Was ist daran erstaunlich?»

«Nichts Besonderes», versuchte Freuler sein Erstaunen herunterzuspielen. «Wissen Sie vielleicht, wo dieser Thamby jetzt sein könnte?»

«Keine Ahnung, vielleicht fragen Sie mal die anderen zwei.»

«Und die junge Frau?», wollte Freuler wissen.

«Pia hat seit gestern Ferien, sie fuhr nach Österreich.»

«Weiss Thamby, wo sie sich aufhält?»

«Schon möglich», sagte die Wirtin.

«Das wär's fürs Erste. Kann ich noch mit den andern zwei Küchenhilfen sprechen?»

«Selbstverständlich.»

Sie gingen also wieder hinunter in die Küche. Dort befragte er noch die zwei anderen Tamilen. Von ihnen erfuhr er, dass Thamby am Sonntagabend kurz hier gewesen, dann aber plötzlich verschwunden sei. Auch im Asylantenheim an der Freiburgerstrasse, wo die zwei wohnten, sei er nicht aufgetaucht. Dort hole er öfter seine Nichte Vishanta ab, um mit ihr zu Bekannten nach Muttenz zu fahren, wo sie ab und zu auch übernachteten, vor allem sonntags, weil auch Thamby montags freihabe. Manchmal sei er auch mit dem Auto seines Chefs unterwegs. Letzten Sonntag aber sei er, soweit sie sich erinnern könnten, nicht mit dem Wagen unterwegs gewesen. Ob sie diese Bekannten aus Muttenz auch kennen würden, wollte Freuler wissen. Nein, mit denen wollten sie nichts zu tun haben, sagten die beiden unisono. Sie wüssten nicht einmal genau, wo die wohnten. Freuler konnte sich im Moment aus diesen Aussagen überhaupt nichts zusammenreimen und verabschiedete sich.

Er fuhr mit seinem Wagen durch die Kleinhüninger Dorfstrasse zum Ufer der Wiese und parkierte das Auto in der Nähe des Rheinschifffahrtsamts. Erst setzte er sich auf eine Bank, die dort entlang der Wiese aufgestellt war, zündete sich eine Zigarette an und blickte in die bleiche Novembersonne. Freuler wunderte sich wie schon öfter, wie man einen Fluss «Wiese» nennen konnte. Die Basler jedenfalls hatten diesen Fluss nicht so getauft, er entsprang ja im Schwarzwald, wo vielleicht ein Fluss, der Wiese hiess, nichts Besonderes war. Jedenfalls, so dachte er, käme umgekehrt kein Mensch auf die Idee, eine Weide «Fluss» zu taufen. Egal, zurzeit hatte er andere Probleme, zudem war die Sonne hinter einem grösseren Wolkenband verschwunden, und er fröstelte. Er schnippte die halb gerauchte Zigarette in hohem Bogen in die Wiese, stand auf und machte sich zu Fuss auf den Weg zum nahe gelegenen Rheinufer; vorbei an Lagerhäusern, Hafenanlagen, aufgestapelten Containern, Verladekränen und dem Gelpke-Brunnen, mit der in Stein gehauenen Meerjungfrau. Vor Freulers Nase ging eine Barriere nieder, und ein nicht enden wollender Güterzug ratterte langsam vorüber. Die rot-weissen Schranken hoben sich wieder. Freuler ging langsam dem Rhein entlang, flussabwärts. Hunderte von Möwen bevölkerten das herbstliche Wasser. Manchmal flogen, aus einem nicht ersichtlichen Grund, alle gleichzeitig krächzend hoch, um sich dann dreissig Meter weiter flussaufwärts wieder auf dem Wasser niederzulassen. Auf der anderen Flussseite läuteten die Glocken des Kirchleins von Huningue. Obwohl so nah an der Grenze, selbst wenn man keine Schilder lesen konnte, dieses andere Ufer gehörte unverkennbar zu Frankreich. Freuler ging langsam die Uferpromenade entlang. Er liebte diese Gegend. Hier wurde seine Hoffnung verstärkt, dass die Schweiz den Anschluss an Europa vielleicht doch noch schaffen würde. Wie dem auch sei, ein paar Dutzend Motoryachten, auf denen zwei pensionierte Hobbykapitäne Seemannsgarn austauschten, schaukelten hinter einer kleinen Hafenmole im Winterschlaf. Das Ausflugsschiff «Lällekönig» lag leer und verlassen vor Anker. Er ging langsam zum Dreiländer-Denkmal, von dem er nie genau wusste, was es eigentlich darstellen sollte. Es hatte etwas martialisch Militärisches, beinahe wie ein vertikal hingestelltes Kampfflugzeug. Gleich daneben, am Geländer festgemacht, ein adventlicher Tannenbaum. Freuler blickte hinüber nach Weil, zu der Stelle, wo der Koch angeschwemmt worden war. Eine blaue Tafel mit einem Schweizer Wappen markierte den Verlauf der Grenze. Drei, vier Meter weiter flussabwärts hätte sich die deutsche Polizei um die Leiche kümmern müssen. Laut Karte war die Stelle, wo die drei Länder Frankreich, Deutschland und die Schweiz aufeinandertrafen, mitten im Rhein, nicht beim Denkmal.

Freuler ging ein Stück weit zurück, dann dem Hafenbecken entlang zum Restaurant Rostiger Anker, verspürte aber keine Lust, sich irgendwo hinzusetzen. Er erkundigte sich nach dem Koch, dem er als Erstes die traurige Nachricht überbringen musste, dass sein Kollege im Rhein ertrunken sei. Der war völlig geschockt, wurde bleich und musste sich hinsetzen. «Reinhard war Sonntagabend hier. Das kam öfter vor. Im ‹Schifferhaus› schliessen sie schon um sechs Uhr», begann er stockend.

«Was machte er für einen Eindruck?»

«Keinen besonderen. Das einzige, was ihn wie immer beschäftigt hatte, war das Lehrmädchen und ihr Verhältnis zu diesem Küchengehilfen, ob sie wohl schon in die Ferien gefahren sei und ob sie sich vorher noch mit diesem Tamilen getroffen habe.»

«Hatte er denn etwas gegen Ausländer?»

«Nicht grundsätzlich, glaub ich, aber die Vorstellung, dass sich das Lehrmädchen näher mit diesem Tamilen einlassen könnte, war ihm unerträglich. Ich habe ihm immer wieder gesagt, Pia sei volljährig und ‹Mische dich nicht in Angelegenheiten, die dich nichts angehen›. Zum Glück arbeitet Thamby nicht mehr dort. Schürch hat ihn ständig schikaniert.»

«Können Sie sich vorstellen, dass es zwischen den beiden zu Handgreiflichkeiten gekommen sein könnte?»

«Von Thamby kann ich mir das kaum vorstellen, Schürch jedoch ist oder war eher etwas cholerisch. Aber wie es jetzt aussieht, ist ja eher der Koch ein Opfer von Gewalt geworden.»

«Anzeichen einer Rangelei oder von Gewalt sind bis jetzt an der Leiche nicht festgestellt worden. Es kann auch ein Unfall gewesen sein. Genaueres über die Todesursache kann erst nach der Obduktion gesagt werden.»

Mehr gab es hier vorläufig nicht zu tun, und Freuler verabschiedete sich. Er ging ganz langsam dem Hafenbecken entlang zum steil abfallenden Ufer rheinaufwärts. Es gab weder eine Mauer noch ein Geländer. Wenn da jemand hineinfiele, wäre es sehr schwierig, wieder herauszukommen, vor allem nachts, wenn etwaige Hilferufe ungehört blieben. Zwar gab es ungefähr zwei Meter vor der Uferkante eine Abschrankung mittels einer Kette, die aber kein zwingendes Hindernis darstellte, sondern eher zum Übersteigen einlud. Beim Auto angelangt, überlegte sich Freuler, was er als Nächstes tun sollte. Er rief erst bei seinen Kollegen an und erfuhr, dass Schwarzenbach einen weiteren Anruf der Entführer erhalten habe. Zudem sei Thamby heute früh nicht zur Arbeit erschienen. Sonderbar, dachte Freuler, während er entlang der Hochbergerstrasse, unter Autobahnbrücken und den Gleisanlagen des Badischen Bahnhofs zur Freiburgerstrasse fuhr.

Dort, kurz vor der Grenze, befand sich das Asylbewerberheim, wo die zwei tamilischen Freunde Thambys wohnten. Mehrere sogenannte Wohncontainer standen irgendwo in der Landschaft, mit Drahtgeflecht umzäunt. Diese Umzäunung war nicht angebracht worden, um zu verhindern, dass die Asylsuchenden flüchteten, sondern um es Rechtsextremen zu erschweren, Steine oder gar Brandsätze auf die bescheidenen Behausungen zu schmeissen. Einer der Container war mit «Leitung» angeschrieben. Freuler klopfte an die Tür, und eine junge Frau öffnete. Er stellte sich vor, die junge Frau bat ihn, einen Moment zu warten, Signer, der Chef, sei in wenigen Minuten zurück. Drinnen sah es mehr oder weniger chaotisch aus. Er setzte sich auf einen der Stühle, die an einem runden Tisch standen. Darauf mehrere Kaffeetassen; zurzeit fand hier ein Meeting des Leitungsteams statt. Momentan war Pause. In einer Ecke ein Bett für die Nachtwache, darüber eine Decke, die von einem Flüchtling stammen könnte. An den Wänden Polaroidfotos der Heimbewohner und Heimbewohnerinnen, angeschrieben mit Namen, Nationalität, Alter et cetera. Daneben einige Poster der Caritas mit Fotos von Menschen aus Entwicklungsländern. Beim Bett ein Schrank voller Ordner, ein Pult, auf dem ein älteres Modell eines Computers stand, daneben ein Handy, viel Papier und Schreibzeug. Signer, ein vielleicht vierzigjähriger bleicher Mann mit kurz geschnittenen Haaren, schien sehr nervös zu sein. Er begrüsste Freuler mit der Frage: «Was ist denn jetzt schon wieder passiert?»

«Nur keine unnötige Aufregung», beruhigte Freuler. Er konnte die Nervosität des Leiters verstehen. Vor einiger Zeit war dieses Durchgangsheim öfter ins Gespräch gekommen, weil zwei, drei Insassen mit Drogen gehandelt hatten. Freuler hatte mit diesen Fällen nichts zu tun gehabt, wusste aber davon.

Signer führte ihn nun in ein anderes Büro, weil hier an diesem Ort das Meeting weitergeführt werden sollte. Dort sah es ähnlich aus, der Raum war nur viel grösser, weil hier das gesamte Leitungsteam arbeitete. Nebst den ausgedienten Büromöbeln standen überall papierene Einkaufstaschen auf dem Fussboden, und Freuler wunderte sich, was wohl darin sein könnte. An den Wänden Zeichnungen von Flüchtlingskindern, die aussahen wie Zeichnungen von Schweizer Kindern, daneben ein indischer Kalender und eine Weltkarte. Freuler setzte sich.

«Wir suchen einen gewissen Thamby», begann er das Gespräch.

«Thamby?», wunderte sich der Leiter, «der wohnt aber nicht mehr hier.» Seinem Tonfall konnte man entnehmen, dass er über jeden Asylsuchenden froh war, für den er keine Verantwortung mehr hatte.

«Wann war er zum letzten Mal hier?»

«Sonntagabend, da hat er Vishanta, seine Nichte, abgeholt. Das kommt sonntags öfter vor, sie fahren dann immer zu irgendwelchen Verwandten oder Bekannten des Mädchens, wo sie oft auch zwei, drei Tage bleibt.»

«Haben Sie Thamby am Sonntag gesehen?»

«Nein, eigentlich nicht, aber Vishanta kam etwa um sieben ins Büro und sagte: ‹Ich gehe jetzt, mein Onkel wartet im Auto.› Was ist denn mit ihm?»

«Er ist Dienstag früh nicht zur Arbeit erschienen.»

«Eigenartig, das ist überhaupt nicht seine Art. Denken Sie, dass ihm etwas zugestossen ist?»

«Keine Ahnung. Wissen Sie, wo er jeweils mit seiner Nichte hinfährt?»

«Nach Muttenz, aber wohin genau, weiss ich auch nicht.»

«Waren auch seine zwei Cousins dabei?»

«Nein, es gab irgendwelche politischen Differenzen zwischen den beiden und den Leuten, die Thamby dort besuchte. Zum Glück konnte Thamby in eine Wohnung umziehen, weil er als Flüchtling anerkannt wurde. Es gab immer irgendwelche Streitereien zwischen den dreien.»

«Tätlichkeiten?»

«Nein, das glücklicherweise nicht», sagte der Leiter und versuchte Freuler darzustellen, wie schwierig es manchmal sei, mit all diesen verschiedenen Nationen unter einem Dach.

Tamilen seien im Grossen und Ganzen sehr umgänglich. Innerhalb einer multikulturellen Klientel, mit Kurden, Albanern, Schwarzafrikanern und so weiter, seien Tamilen diejenigen, die ausgleichend und ordnend wirkten. Er fände Thamby fast beängstigend ausgleichend und friedfertig. Dem sei es sogar öfter gelungen, zwischen eher schwierigen Mitbewohnern, wie Türken und Schwarzen, eine Art Hausordnung aufrechtzuerhalten, was ihm als Leiter oft nicht gelungen sei. Auch habe er sich sehr um seine Nichte bemüht, was auch eine grosse Erleichterung gewesen sei. Jugendliche hätten es besonders schwer in diesem Durchgangsheim. Freuler hatte sich diese Schilderungen geduldig angehört und bat Signer, falls er etwas von Thamby hören sollte, sofort Bescheid zu geben. Dann verabschiedete er sich.

Der morgendliche Nebel hatte sich fast aufgelöst. Jetzt schien sogar die Sonne. Freuler fuhr bis zum Parkplatz bei der Langen Erlen, er musste dringend auf das Klo. Im Pissoir sah es schrecklich aus. Der Fussboden war ganz nass, ob von Wasser oder Urin, war nicht genau zu erkennen. Dem Geruch nach zu schliessen, wohl eher von Letzterem. Überall lagen Papierfetzen, leere Flaschen und sonstiger Unrat. Die Wände waren mit Sprüchen wie «Türken-Sau», «Nigger» und «Kanaken raus» oder «Suche Knabe ab zwölf Jahren zum Wichsen» verziert. Nach Verrichtung seines Geschäftes hatte Freuler Lust, sich etwas zu bewegen. Er ging dem Akazienweg entlang und überlegte sich, ob vielleicht Thamby etwas mit der angeblichen Entführung zu tun haben könnte. Oder dass er zumindest irgendwelche Informationen an Dritte weitergegeben hatte und etwas schiefgelaufen war. Dazu würde er aber kaum seine Nichte mitnehmen. Oder er hatte den Koch in den Rhein geschmissen, was aber eher unwahrscheinlich war. Schürch war ein grosser, kräftiger Mann.

Freuler überquerte den Eisernen Steg und ging zum Tierpark. Es fiel ihm ein, dass er sich die Situation dieser Privatschule noch gar nicht richtig angeschaut hatte. Er ging zurück zur Freiburgerstrasse. Er wollte sich die Situation nochmals aus der Nähe ansehen. Und tatsächlich, das war ihm vorhin gar nicht aufgefallen, diese Privatschule grenzte unmittelbar an das Durchgangsheim. Einzig eine über zwei Meter hohe, säuberlich geschnittene Thujahecke trennte die beiden Institutionen. Die Schule befand sich in einer spätbarocken dreistöckigen Villa mit weissen Mauern. Davor stand eine riesige Linde. Am Gartentor war nur ein kleines, unscheinbares Schild angebracht, welches auf die Schule hinwies. Freuler ging auf die andere Strassenseite, um sich die Situation aus Distanz anzusehen. Er konnte sich kaum etwas Kontrastreicheres vorstellen: auf der einen Seite die Privatschule der Auserwählten und Privilegierten und auf der anderen Flüchtlinge aus ärmlichsten Verhältnissen. Hier also, in dieser Villa, ging Carmen zur Schule und nebenan, im Durchgangsheim, wohnte Vishanta. Dort, bei diesem Parkplatz, dachte Freuler, hatte Thamby und vorher Luigi jeweils Carmen sonntagabends verabschiedet. Die Möglichkeit, dass die Entführer durch irgendwelche Umstände die beiden Mädchen verwechselt hatten, schien Freuler immer wahrscheinlicher. Thamby hatte vielleicht an jenem Sonntagabend Carmen bereits abgeliefert, unmittelbar danach kam Vishanta aus einem der Wohncontainer, als die Entführer auftauchten, die Thamby wegfahren sahen und das dunkelhäutige Mädchen auf dem Trottoir für Carmen hielten und es entführten. Ja, so könnte es gewesen sein. Darauf hätte man eigentlich längst kommen können, was nicht heisst, dass die Ermittlungen bis jetzt anders verlaufen wären. Er ging zum Container, der mit «Leitung» angeschrieben war, und pochte an die Tür. Das Meeting war beendet, und Signer öffnete höchstpersönlich. «Sie schon wieder, haben Sie Neuigkeiten?», begrüsste er Freuler.

«Nicht eigentlich, ich wollte mich nur nochmals vergewissern, wann es genau gewesen war, als Vishanta Ihnen sagte, ihr Onkel sei da, um sie abzuholen?»

«Um neunzehn Uhr, ist das so wichtig?»

«Vielleicht, denn um dieselbe Zeit wurde nämlich Carmen, die Tochter dieses Farbenfabrikanten, zum Internat hier gleich nebenan gebracht.»

«Die Adoptivtochter Schwarzenbachs, bei dem Thamby als Fahrer arbeitet?»

«Genau», erwiderte Freuler.

«Sie denken, dass die Entführer das Opfer verwechselt haben und Vishanta statt Carmen als Geisel genommen haben?»

«Sehr wohl möglich. Und Sie haben wirklich keine Ahnung, wo sich Thamby befinden könnte?»

«Wie ich schon sagte, vielleicht in Muttenz, Genaueres weiss ich nicht.»

«Jedenfalls vielen Dank und nichts für ungut für die nochmalige Störung», sagte Freuler und verabschiedete sich.

Er ging wieder zum Parkplatz bei den Langen Erlen, um sich dort ein wenig die Füsse zu vertreten. Einige Schwarzafrikaner standen herum und rauchten. Zwei davon hatten ein Handy am Ohr. Freuler fragte sich, mit wem die wohl telefonierten und vor allem, wohin. Bei denen, die mit Drogen handelten, konnte er sich das gut vorstellen, aber die vielen anderen? Vielleicht mit ihren Kollegen, die im Heim geblieben waren. Möglicherweise telefonierten die zwei Schwarzen auf zehn Metern Distanz miteinander. In den Slums von Afrika oder Südamerika standen ja auch Fernseher, als Statussymbole, ohne Stromanschluss. Und schon hatte sich Freuler bei einem kleinen Rassismus ertappt. Ein grosser Teil der Westeuropäer ging mit diesen neuen Kommunikationsmitteln genauso schwachsinnig um, dachte er, um sein Gewissen wieder zu beruhigen. Und wieso sollten ausgerechnet die Menschen, die zum ersten Mal mit all diesen Apparaten der Telekommunikation konfrontiert wurden, vernünftiger damit umgehen?

Er schlenderte in das nahe gelegene Wäldchen und zündete sich eine Zigarette an. Irgendwie hatte er Hemmungen, dort bei diesem Platz herumzustehen, die Leute könnten sich von ihm beobachtet fühlen. Vielleicht hatten sie ihn erkannt und vermuteten, dass er ein Bulle war. Beim Erlenpark Steg schaute er längere Zeit in die träge dahinplätschernde Wiese und versuchte nichts zu denken. Es gelang ihm erstaunlich gut, so gut, dass er sogar seine brennende Zigarette vergass. Plötzlich verspürte er eine Hitze zwischen Mittel- und Zeigefinger und schnippte den Stummel, diesmal in einem besonders hohen Bogen, über den Daumen in den Fluss. Er ging zurück zum Parkplatz. Die Leute dort standen immer noch herum. Freuler stieg in seinen Wagen und fuhr zum Polizeigebäude.

Dort angekommen, tauchte Meierhans auf. «Kommst du mit in den ‹Birseckerhof› zum Mittagessen?»

«Nein, ich habe von zu Hause was mitgebracht», sagte Freuler. Er hatte im Moment auch keinen grossen Hunger, das Eingeklemmte, Brot mit Schinken, schien ihm genau richtig. Seine Frau hatte ihm das eingepackt, während er sich heute früh in seine Kleider gestürzt und keine Zeit mehr gehabt hatte zu frühstücken.

Meierhans murmelte etwas wie «Pausenbrötchen von Mama» und verzog sich.

Erst wollte Freuler noch einige Anrufe erledigen, sah auf seine Uhr – es war zwölf Uhr vorbei –, packte sein Pausenbrot und verliess das Büro. Er ging durch den unendlich langen Flur den vielen Türen entlang. Innen sah das Gebäude gar nicht so grässlich aus wie von aussen, dachte Freuler. Der Innenausbau war einfach und schlicht. Es dominierten Beton und Chromstahl. Der Lichthof beim Eingang, mit seinen vielen Grünpflanzen, sah fast gestylt aus, aber nicht zu sehr. Postmodern oder wie das hiess. Auch der Warteraum neben dem Empfang mit seinen Designerstühlen erinnerte mehr an eine Werbeagentur als an einen Eingang zu Verhörräumen und Zellen mit vergitterten Fenstern. Freuler steckte beim Ausgang seine Karte in einen Schlitz, und die Tür öffnete sich. Die Sonne hatte nun endgültig über den Nebel gesiegt. Er überquerte die Strasse, ging zum Birsig und setzte sich auf eine Bank. Kaum hatte er das Sandwich ausgepackt, kamen auch schon ein Dutzend Spatzen angeflogen und warteten auf die Krümel, die zu Boden fallen würden. Ungefähr so, dachte Freuler, stellten sich wahrscheinlich all die Deregulierer und

Kapitalanleger die Welt nach Abschaffung des Sozialstaates vor oder priesen sie sogar so an. Statt Steuern und Sozialleistungen zu bezahlen, investieren wir unseren Gewinn, dann werden wir so gross und mächtig, dass nicht nur für die Arbeitenden, sondern für alle Bedürftigen etwas abfällt.

Kaum im Büro, läutete das Telefon. Schwarzenbach wollte sich bei Freuler beschweren. Er hatte noch einen Anruf der Entführer erhalten. Er habe gefeilscht, und sie hätten schliesslich ein Lösegeld von dreihunderttausend Franken akzeptiert, dann versucht, mit ihm einen Übergabeort zu vereinbaren, aber keine vernünftige Lösung gefunden, die für beide Parteien akzeptabel gewesen wäre. Erst wollten sie den Austausch im Zoo stattfinden lassen, aber die Entführer verwarfen die Idee sogleich wieder. Die Anrufer hätten erklärt, sie würden sich etwas überlegen und ihm den Plan stückweise in diversen Telefonaten mitteilen.

«Ich kann diese Rolle des verzweifelten Vaters nicht mehr länger spielen», sagte Schwarzenbach, «mein Eindruck ist, dass sie irgendwie misstrauisch geworden sind.»

«Ich denke, das veränderte Verhalten der Entführer hat damit zu tun, dass sie inzwischen bemerkt haben, die Falsche entführt zu haben. Irgendwann werden sie sich verraten», sagte Freuler.

«Haben sie bestimmt schon, sonst hätten sie nicht weniger Lösegeld akzeptiert.»

«Vielleicht. Übrigens, kennen Sie das ‹Schifferhaus›?»

«Selbstverständlich, man isst dort hervorragend.»

«Sie wussten, dass Thamby, Ihr Fahrer, dort in der Küche gearbeitet hat?»

«Sicher, ich hab ihn dort kennengelernt. Mit dem Wirt bin ich befreundet.»

«Kennen Sie auch den Koch?»

«Flüchtig.»

«Er wurde heute früh aus dem Rhein geborgen, tot.»

«Tot? Das ist ja schrecklich. Ertrunken?»

«So wie es aussieht.»

«Was machen die jetzt im ‹Schifferhaus› ohne Koch?»
«Das weiss ich auch nicht.»
«Soll das etwas mit der Entführung zu tun haben?»
«Es gibt jedenfalls sonderbare Verbindungen.»
«Ich möchte mit den Geiselnehmern keine weiteren telefonischen Verhandlungen mehr führen. Es ist für mich nicht mehr möglich und geht mich auch gar nichts mehr an», sagte Schwarzenbach kategorisch.
«Wir verstehen das natürlich, wenn Ihnen das zu viel wird, möchten Sie aber trotzdem bitten, die Verhandlungen noch so lange weiterzuführen, bis wir einen möglichen Ansprechpartner für die Entführer gefunden haben. Wenn wir sie brüskieren, setzen wir die Geisel unnötiger Gefahr aus.»
Schwarzenbach versprach, noch etwas mit den Entführern im Gespräch zu bleiben. Freuler bedankte sich, und sie beendeten das Telefonat.

FÜNF

Nach einem Anruf der regionalen Arbeitsvermittlung verliess Luigi das Haus. Sein Berater hatte für ihn eine Arbeit gefunden. Es war spürbar kälter geworden. Er fror nicht nur wegen der Kälte, sondern auch deshalb, weil die Situation ohne Arbeit für ihn unerträglich war. Vielleicht würde sich das jetzt ja ändern. Jahrelang hatte ihm seine Arbeit eine Struktur gegeben, die war jetzt weg. Er war, wie viele Leute, nicht fähig, sich selbst eine Aufgabe zu geben. Er wüsste auch gar nicht, was für eine. Er ging der Kaserne entlang bis zum Claraplatz. Nur so schnell wie möglich wieder in die Wärme, dachte er. Es zog ihn also ins Restaurant ‹Schiefes Eck›, wo er sich ein Bier bestellte. Nach einem kräftigen Schluck fiel ihm plötzlich ein, dass er vor einer halben Stunde seine Psychopharmaka eingenommen hatte. Das wird mich wohl nicht gleich umwerfen, dachte er und bestellte sich bald darauf noch ein zweites. Das war ziemlich neu, dass er schon um diese Zeit Alkoholisches zu sich nahm. Nicht nur wegen seiner früheren Arbeit als Fahrer, sondern auch deshalb, weil er von seiner Herkunft her gewohnt war, Alkohol, also vor allem Wein, nur zum Essen zu trinken. Luigi unterschied sich allerdings auch darin vom traditionellen Italiener, weil er Hausarbeiten verrichtete. Vielleicht nicht so gründlich, wie das seine Frau jeweils getan hatte; nach einer Stunde hatte er zumeist das Geschirr vom Morgenessen abgewaschen, die Bettlaken gestreckt und die Staubsaugerrunde beendet. Dann ging er, wenn nicht gerade irgendwelche Sportreportagen im Fernsehen angesagt waren, aus dem Haus. Lesen tat er kaum, und Wandern war ihm zuwider. So war er je länger je mehr in Wirtshäusern anzutreffen.

Leicht schwindlig war ihm schon, als er kurz vor elf aus dem «Schiefen Eck» kam, aber sehr unangenehm war es ihm nicht. Er ging am Manor vorbei zum Arbeitsamt. Im Büro seines Beraters fragte dieser zuerst routinemässig: «Hat sich schon jemand auf Ihre Bewerbungen gemeldet?»

«Nein», sagte Luigi, «leider nicht.»
«Aber ich habe etwas für Sie. Moment.» Er wühlte in seinem Papierkram auf dem Tisch.
«Ach so, was denn?», wollte Luigi wissen.
«In einer Elektronikfirma, die sich vergrössert und deshalb umzieht.»
«Als Fahrer oder was?»
«Fahrer, Packer, Träger, was auch immer, allerdings nur für drei Monate, aber immerhin.»
«Wo denn?»
«In Pratteln.»
«Wann soll ich anfangen?»
«Sie könnten sich schon heute Nachmittag vorstellen. Aber ich rate Ihnen, erst morgen früh hinzugehen und kein Bier vorher zu trinken.»
«Schon gut», murmelte Luigi.
Der Berater wünschte Luigi viel Erfolg.
Arschloch, dachte Luigi und verabschiedete sich ebenfalls.
Er ging zurück zum Claraplatz, wollte erst ins «Vogelnest», überlegte es sich aber anders und ging nach Hause.

***

Freuler rauchte bei der offenen Tür seines Minibalkons. Meierhans sass an Freulers Schreibtisch und schaute missbilligend, wie dieser den Rauch in die Lungen zog. Das Telefon läutete. Freuler drückte fast demonstrativ die Kippe in den Aschenbecher, der auf dem Fenstersims lag, dann hob er ab. Schwarzenbach war dran. Etwas ungehalten erklärte er, die Entführer hätten schon wieder angerufen, aber er sei nicht mehr imstande und auch nicht gewillt, dieses Theater weiterzuspielen.
«Das haben wir selbstverständlich mitgehört», sagte Freuler. «Ich verstehe, dass Sie dieses Theater nicht weiterspielen wollen, und wir können Sie nicht dazu zwingen.»
Aber es musste jemand gefunden werden, der die Verhandlungen weiterführen konnte. Solange man nicht wusste, ob sie

blufften oder einen anderen Menschen in ihrer Gewalt hatten, durfte der Kontakt zu den Entführern keinesfalls abgebrochen werden. Schwarzenbach machte sich Sorgen um Carmen und wollte wissen, wo sie wohl sicherer sei: im Internat oder zu Hause. Freuler verabredete sich mit Schwarzenbach, um sich dessen Haus einmal anzusehen und das weitere Vorgehen zu besprechen.

«Und, tut sich was?», fragte Meierhans.

«Nein, eben nicht. Schwarzenbach will nicht mehr mitmachen.»

«Kann ich verstehen. Was willst du jetzt tun, selbst verhandeln?»

«Was weiss denn ich, vielleicht stellst du dich zur Verfügung!»

Meierhans sagte nichts darauf.

«Jedenfalls statte ich diesem Lack- und Farben-Menschen einen Besuch ab.»

Freuler überlegte sich, ob er mit dem Dienstwagen oder mit dem Tram hinfahren sollte. Er entschied sich einmal mehr für die öffentlichen Verkehrsmittel. Nicht in erster Linie aus umweltschützerischen oder gar moralischen Motiven, sondern um Stress zu vermeiden und irgendeine im Tram herumliegende Zeitung zu lesen oder mit geschlossenen Augen vor sich hin zu dösen. Auf dem Weg zur Haltestelle an der Heuwaage verspürte Freuler Lust, zu Fuss zu gehen. Er konnte sich gut erinnern, früher gab es eine Unterführung zum Bahnhof. Eine automatische Glasschiebetür öffnete sich jeweils, sobald man in ihre Nähe kam, und man betrat diesen schrecklichen Ort. Zu später Stunde war dieser Durchgang für Frauen sicher ein Alptraum gewesen. Dass so was jemals gebaut worden war, hatte Freuler nie verstanden. Beidseits dieses Tunnels gab es Geschäfte und sogar Restaurants. Überall standen magere Gestalten, die einen Stutz für die Notschlafstelle zu erbetteln versuchten. Auf einem Schemel sass meist eine Frau mittleren Alters mit einem Akkordeon, woran sie herumdrückte, was sehr melancholisch klang. Vor sich hatte sie einen Eierkarton hingelegt, worin ein paar Münzen glänzten. In der Nähe der Perrons spielte, wie seit sicher zwanzig Jahren, das südamerikanische Trio mit Gitarre, Flöte und Panflöte «El Condor Pasa», vor sich ausgebreitet CDs und Kassetten ihrer Musik. Dieses Geschehen hatte sich heutzutage etwas vor den Bahnhof verlagert, wo von der Polizei immer wieder versucht wurde, die Leute zu vertreiben.

Was Freuler jedoch nie verstanden hatte, weshalb diese Plastik von Tinguely zwischen Billettschalter und Reisebüros entfernt worden war. Dieses Kunstwerk, das zwar ständig in Bewegung und trotzdem völlig verstaubt war, hatte anschaulich die Sinnlosigkeit menschlicher Geschäftigkeit dargestellt. Motoren trieben an einem Gewirr von Eisenstangen, Schienen und Gittern Räder an, die durch Ketten und Transmissionsriemen wieder andere Räder oder Achsen in Bewegung setzten, die ihrerseits verschiedene Werkzeuge antrieben. Diese führten sinnlose Schlag-, Zug- oder Stossbewegungen aus oder beförderten Kisten und andere Behältnisse ohne Sinn und Zweck von A nach B und wieder zurück. Dazu leuchteten, arhythmisch zum Geschehen, farbige Glühbirnen auf. Trotzdem, das Wasserspiel von Tinguely vor dem Theater gefiel Freuler eigentlich schon immer besser.

Freuler durchquerte den Bahnhof bis zur Rückseite, ging durch die Gempenstrasse zum St. Margarethen-Park. Vom Weg, der zu den «Acht Jucharten» hinaufführte, konnte man zwischen den blätterlosen Bäumen auf die Kunsteisbahn hinabblicken. Ein buntes Gemisch von Kindern und einigen Erwachsenen drehte seine Runden. Freuler lehnte sich an den Holzzaun und schaute dem Treiben eine Weile zu. Oben angekommen, befand er sich bereits im Kanton Baselland. Die Acht Jucharten, ein grosses Feld, lag jetzt um diese Jahreszeit brach. Im Sommer wuchs hier auf den Äckern zumeist Mais. Ein Teil dieser Acht Jucharten, das sind achtundzwanzigtausend Quadratmeter oder etwa drei Hektar, war auch schon mit Sonnenblumen bepflanzt gewesen, was wunderschön aussah. Freuler ging auf einem Natursträsschen mitten durch das Feld. Links und rechts ragten alte Hochstammbäume kahl in die Landschaft und bildeten aus einer bestimmten Perspektive, zusammen mit den Verwaltungsgebäuden der chemischen Industrie, eine skurrile Skyline. Beim Bruderholz angelangt, bog er in die Novarastrasse und befand sich wieder im Kanton Basel-Stadt.

Schwarzenbach wohnte an der Schäublinstrasse, unmittelbar hinter dem Radiostudio.

Das Anwesen sah einigermassen respektabel aus. An der Strasse zum Trottoir ragte eine zwei Meter hohe Mauer mit zwei riesigen Garagentoren empor. Über den Garagen ein kleiner Aufbau mit zwei Fenstern. Durch die Stäbe des Gartentors blickte man auf die dahinterliegende Festung. Peinlich geschnittener Rasen mit einzelnen Blumenrabatten, die jetzt im Herbst kahl und traurig aussahen. Das Haus nichts Besonderes. Auf der Vorderseite ein steil abfallendes Dach, darin grosse Fensterflächen.

Freuler läutete am Eingangstor und meldete sich über die Gegensprechanlage. Das Gittertor öffnete sich quietschend, gleichzeitig blinkten zwei gelbe Lampen neben dem Gartentor, und ein Licht unter dem steilen Dach des Hauses ging an. Schwarzenbach stand schon an der geöffneten Haustür und begrüsste Freuler. Dieser sah zum ersten Mal den Mann, von dem er nur die Stimme am Telefon kannte. Er war etwa fünfzig Jahre alt und mittelgross. Seine weitreichende Stirnglatze kompensierte er damit, dass er seine restlichen Haare lang trug und hinten zu einem Schwanz zusammengebunden hatte, wie es vor einigen Jahren einmal Mode gewesen war. Schwarzenbach führte Freuler durch ein mit blauem Spannteppich ausgelegtes Entree. Die Wände waren dezent altrosa gestrichen und mit mehreren in Messing eingefassten Spiegeln behängt. Entlang den Wänden Garderobe, Schirmständer, Hutablage und zwei Stühle aus demselben Material. Freuler wurde vom Hausherrn in einen Raum geführt, der wohl als Empfangszimmer gedacht war. Den Boden zierte ein eierfarbener Spannteppich. Darauf stand eine Lederpolstergruppe in ockerfarbenem Leder mit einem Clubtischchen aus Messing und Glas. An den Wänden Tierbilder von Fritz Hug und Rolf Knie.

«Setzen Sie sich doch bitte. Möchten Sie was zu trinken?»

Freuler setzte sich. «Nein, vielen Dank. Ich möchte Ihre Zeit nicht allzu sehr beanspruchen, habe aber eine Bitte, falls Sie die Entführer aufklären, dass Ihre Tochter wohlauf sei –»

«Ich denke, das haben die längst selbst festgestellt, wie sonst hätten sie sich mit einem um die Hälfte reduzierten Lösegeld einverstanden erklärt», unterbrach Schwarzenbach.

«Das denke ich auch. Wie auch immer, dann verhandeln Sie eben nicht weiter mit Ihnen», sagte Freuler. «Wir werden Sie über das weitere Vorgehen in Kenntnis setzen, vielleicht können Sie uns trotzdem behilflich sein.»

«Mach ich», sagte er, «Sie verzeihen, aber ich bin nicht mehr in der Lage, diese Rolle weiterzuspielen.»

«Schon gut. Noch eine Frage, ist Ihr Fahrer immer noch nicht aufgetaucht?»

«Nein, dieses Problem hab ich auch noch.»

«Ich würde Ihnen empfehlen, Ihre Tochter für die nächste Zeit nach Hause zu nehmen, aus Sicherheitsgründen. Ich denke, dass Sie hier sicherer ist als in dieser Privatschule, unmittelbar neben diesem Asylzentrum.»

«Wie Sie meinen, kein Problem», sagte Schwarzenbach.

«Ich danke Ihnen für Ihre Bemühungen.»

«Keine Ursache.»

Freuler verabschiedete sich. Er war froh, von hier wegzukommen. Für einmal kam es zwar ganz gelegen, dass dieses Heim beinahe eine Festung darstellte, andernfalls hätte man wahrscheinlich Carmen bewachen müssen. Das Gartentor öffnete sich erneut automatisch, und Freuler war froh, wieder im freien öffentlichen Raum zu sein.

Zurück im Polizeigebäude, lag nun endlich der Obduktionsbericht des ertrunkenen Kochs vor. Es konnte an seinem Körper keinerlei Gewaltanwendung festgestellt werden. Jedoch unter seinen Fingernägeln befanden sich Haut- und Haarpartikel einer anderen Person. Es musste also irgendein Gerangel oder Kampf stattgefunden haben, möglicherweise mit Thamby, der ja vielleicht deshalb untergetaucht war, mutmasste Freuler. Es könnte aber auch ganz anders gewesen sein. Als Nächstes sollte er unbedingt mit der Koch-Lehrtochter reden können. Also rief er im «Schifferhaus» an, um von der Wirtin Namen und momentanen Aufenthaltsort der jungen Frau zu erfahren. Die Chefin war aber nicht da. Dann versuchte er mit der Caritas zu telefonieren, die schien ihm eine mögliche Ansprechpartnerin, wenn mit Schwarzenbach nicht mehr zu rechnen war. Eine Frau, zuständig für Flüchtlingskinder aus Drittweltländern, war am Apparat. Auf die Frage Freulers, ob es möglich wäre, dass die Caritas die Verhandlungen mit den Entführern weiterführen könnte, sagte die Frau, sie müssten dieses Problem erst im Gremium diskutieren, aber sie glaube nicht, dass es denkbar sei, diese Aufgabe zu übernehmen. Wenn alles geklärt sei, würden sie sich gleich selbst mit Schwarzenbach in Verbindung setzen, um ihm eine entsprechende Telefonnummer zu übermitteln. Er bedankte sich bei der Frau und bat sie, ihn über alle Verhandlungen und Aktivitäten auf dem Laufenden zu halten.

Inzwischen war es halb fünf geworden, und Freuler hatte genug für heute. Im Flur traf er auf Meierhans, der auch im Begriff war, nach Hause zu gehen.

«Schon Feierabend?», sagte er.

«Genau wie du.»

«Ich muss noch arbeiten.»

«Wo gehst du denn hin?»

«Zum Barfüsserplatz.»

«Können wir zusammen gehen.»

Sie verliessen das Haus und schlenderten unter dem Viadukt zur Steinenvorstadt.

«Was hast du denn noch vor?», wollte Freuler wissen.

«Ich treffe noch einen Informanten.»

«Den Sonntagsfischer?»

«Nein, einen anderen. Roland hab ich nicht erreicht.»

«Dein Freund aus dem Milieu scheint also auch nicht immer vorhanden zu sein.»

«Und, was macht deine nicht vorhandene Geisel?»

«Da ist, denke ich, sehr wohl eine vorhanden, aber die falsche. Statt dieser Carmen haben sie vermutlich ein Tamilenmädchen entführt. Gleich neben dem Internat befindet sich nämlich ein Durchgangsheim für Asylbewerber. Die Entführer haben die Mädchen verwechselt.»

«Wer verhandelt denn jetzt mit den Entführern, doch wohl kaum dieser Farbenheini?»

«Nein, er hat sich schon abgemeldet. Ich habe Kontakt mit der Caritas aufgenommen, die machen das eher nicht.»

«Tatsächlich?»

«Versuch's doch mal bei diesen Asylorganisationen?»

«Hab ich schon. Die haben eh kein Geld.»

«Und das Rote Kreuz?»

«Die haben mich an die Asylorganisation gewiesen.»

«Was denkst du, wie viel weniger die fordern würden für ein Asylantenmädchen?», fragte Meierhans. Und ohne dass er die Frage besonders betonte, bekam sie einen zynischen Unterton.

«Schwarzenbach hatte den Preis schon auf dreihunderttausend Franken heruntergehandelt. Ich denke, die ahnen bereits, dass sie nicht die Richtige entführt haben», sagte Freuler ganz sachlich.

«So sinken die Preise», sagte Meierhans, diesmal mit bewusst ironischem Unterton.

«Was sollen wir denn tun? Zudem ist nicht einmal sicher, dass die Entführer wirklich jemanden in ihrer Gewalt haben. Vishanta ist möglicherweise mit ihrem Onkel zusammen, der ja auch verschwunden ist.»

«Aber warum sollte er sie unbedingt bei sich behalten?»

«Gründe dafür gäbe es genügend. Angenommen, er hat wirklich diesen Koch ertränkt und hält sich irgendwo mit seiner Nichte versteckt, behält er sie deshalb bei sich, weil er befürchtet, sie könnte vielleicht das Versteck verraten. Und falls sie bei diesen Bekannten in Muttenz sind, wo sie schon öfter waren, denkt Vishanta nicht daran, dass sie gegen ihren Willen festgehalten wird.»

«Aber sie wohnte im Durchgangsheim?»

«Ja», sagte Freuler, «eine Ausnahmeregelung, sie ging bis vor Kurzem in Kleinhüningen zur Schule, und es war noch nicht entschieden, ob sie bei ihrem Onkel wohnen sollte oder vielleicht an diesem unbekannten Ort in Muttenz. Alleine durfte sie noch nicht wohnen, sie war ja erst sechzehn.»

«Und, was willst du jetzt tun?»

«Als Nächstes muss ich herausfinden, wohin die Lehrtochter vom ‹Schifferhaus› in die Ferien gefahren ist, um von ihr vielleicht zu erfahren, was sich an jenem Sonntagabend zugetragen hat.»

«Kennst du denn ihre Eltern nicht?»

«Noch nicht.»

Sie waren jetzt beim Barfüsserplatz angelangt. Meierhans musste weiter Richtung Kleinbasel und nahm das Tram. Freuler ging sinnierend den Kohlenberg hoch. Beim Konservatorium angelangt, versuchte er an etwas anderes als an die Arbeit zu denken. Es gelang ihm sogar.

Zu Hause angekommen, war es beinahe dunkel. Trotzdem ging er noch kurz in seinen Garten. Es gab zwar um diese Jahreszeit nicht viel zu sehen, doch es beruhigte ihn, alles zu inspizieren und sich zu überlegen, was wohl die nächsten Arbeiten sein könnten. Er liebte es, zwischen den Gartenbeeten durchzuschlendern. Er konnte sich auf diese Weise entspannen und kam auf andere Gedanken; musste nicht immer an Mord und Totschlag, Entführungen, Farbenfabrikanten und tamilische Mädchen denken.

Oben küsste er seine Frau und seine Tochter, die bei einem Aperitif sassen. Renate hatte viel Ähnlichkeit mit dem Vater. Sie war zwar etwas rundlich, aber wohlproportioniert. Die Haare jedoch waren, wie man so schön sagte, von der Mutter.

Der Vater freute sich einerseits, wenn Renate wieder einmal nach Hause kam, andererseits machte er sich manchmal Sorgen, weil sie immer noch alleine war. Schön, wenn sie hier manchmal etwas kochte. Es weckte Erinnerungen an das einstige Familienleben. Der Sohn hatte die Ablösung vom Elternhaus viel leichter geschafft. Schon mit achtzehn zog er von zu Hause weg, hatte dann die Grafikklasse der Kunstgewerbeschule besucht, ein Jahr in Basel gearbeitet und war mit fünfundzwanzig nach Amerika ausgewandert, wo er auch heiratete. Renate hatte bis vor zwei Jahren noch zu Hause gewohnt. Sie war jetzt dreissig. Es war ja verständlich, dass sie so lange zu Hause gewohnt hatte. Die erste Stelle nach ihrer Ausbildung als Kindergärtnerin war hier ganz in der Nähe, wo sie übrigens immer noch arbeitete. Aber es irritierte Freuler, dass sie noch immer keine feste Beziehung hatte. War es vielleicht, weil sie nicht ganz den Idealmassen entsprach? Freuler jedenfalls fand seine Tochter sehr schön. Der Bündner Fleischkuchen war ausgezeichnet, auch der Nüsslisalat.

Bald nach dem Nachtessen verabschiedete sich Renate. Freuler und Anita sassen noch alleine bei einem Glas Wein.

«Sollen wir nun nächstes Wochenende nicht endlich wieder mal zu Hans ins Elsass fahren?», fragte Freuler.

«Warum nicht?», sagte Anita. «Aber nur wenn dieser komische Roland nicht dabei ist.»

«Ich glaube, Hans hat den Kontakt zu ihm sehr eingeschränkt, allerdings ganz hat er ihn nicht abgebrochen. Roland, ein Schulfreund von Hans, war als Informationsquelle nicht zu unterschätzen.»

«Ach ihr mit euren Informanten», seufzte Anita.

«Nächstes Wochenende geht er allein hin, da könnten wir doch mitgehen.»

«Ja, wenn du meinst. Dann kann ich wieder mal in Ruhe lesen, wenn ihr beim Fischen seid.»

«Genau. Prost, Schatz», sagte Freuler und stiess nochmals mit seiner Frau an.

SECHS

Am Donnerstag rief Freuler von zu Hause im «Schifferhaus» an, die Wirtin war jetzt da. Er verabredete sich mit ihr um neun Uhr. Vorher noch ins Büro zu gehen, lohnte sich kaum, ausser er hätte unbedingt mit dem Wagen hinfahren wollen. Aber beim Barfüsserplatz stieg er fast instinktiv in das 8er-Tram und fuhr bis zum Wiesenplatz nach Kleinhüningen. Die Tram-Endstation dort war eine einzige Baustelle. Die Gleise wurden bis nach Weil verlängert. Freuler schaute auf die Uhr, er war noch viel zu früh. Er ging über die Wiesebrücke, überquerte die Strasse und ging frontal auf den «Schwartenmagen» zu. Eine runde Skulptur von etwa drei Metern Durchmesser, die im Volksmund so genannt wurde und tatsächlich wie ein grosses Stück abgeschnittener Wurst aussah. Das Gebilde stand früher an einem anderen Ort, wurde dann aber den Kleinhüningern vor das Dorf gesetzt. Denen ist jedoch das Kunstwerk mehr Ärgernis als Freude, und Freuler hatte schon oft davon gehört, dass Anwohner drohten, den «Schwartenmagen» in die Wiese zu schmeissen.

Freuler steuerte zum Wirtshaus »Schiff«, um dort noch vor der Verabredung mit der «Schifferhaus»-Wirtin einen Kaffee zu trinken. Das Interieur dieses Etablissements machte einer Hafenkneipe alle Ehre. Direkt über dem Eingang eine Schiffsschraube an der Decke. Das ganze Lokal war auf halber Höhe mit Seilen bespannt, an denen Schiffslaternen befestigt waren. An den Wänden Schaukästen, darin wie Reliquien Schifferknoten. Einige hingen auch über dem Büfett, nicht hinter Glas, deshalb waren sie von Staub und Nikotin dunkelgraubraun patiniert. Einige Schiffsluken aus Messing zierten Wände und Säulen. Auf einem Sockel mitten im Raum und neben dem Eingang zwei hölzerne Steuerräder mit unterschiedlichen Durchmessern. Eine Schiffsglocke baumelte direkt über dem Stammtisch, die bei entsprechendem Alkoholpegel manchmal angeschlagen wurde. Vermutlich musste man dann eine Runde bezahlen.

Freuler setzte sich neben eine von mehreren Spots beleuchtete hölzerne Loreley und bestellte sich einen Espresso. Die Serviererin, eine Asiatin, die den Kaffee brachte, fragte er: «Kennen Sie den Koch des Restaurants ‹Schifferhaus›?»

«Ik kennen. War nicht gute Mann.»

«Weshalb nicht gut?», wollte Freuler wissen.

«Mir nie geben Trinkgeld, wenn servier Adriane, immer geben, Adriane auch Ausländerin.»

«Ach so», sagte Freuler.

Die weiteren Gäste in diesem Lokal waren vermutlich Arbeiter aus dem nahe gelegenen Rheinhafen oder einfach Handwerker aus der näheren Umgebung, jedenfalls lag etwas von dieser St. Pauli-Hans-Albers-Stimmung in der Luft. Es hingen auch mehrere Plakate an der Holztäfelung, die gemütliche Seemannsabende mit Musik ankündigten.

Freuler zahlte und ging der Dorfstrasse entlang zum Schifferhaus. Es fiel ihm eigentlich erst jetzt auf, dass sich dieses Speiselokal, was die Atmosphäre betraf, kaum vom Schiff unterschied. Es wurde dieselbe Hafenstimmung suggeriert, nur alles etwas gehobener: Modellschiffe an den Wänden, von einem nur das Skelett, über der Bar einige in Gold gerahmte Stiche, Segelboote und Weltmeere mit Koordinaten, darstellend ein grosses Gemälde mit fünf Köchen. Fünf Schiffsköche, die wohl den Brei verdarben? Je an einer Wand zwei wunderschöne antike Schränke, riesige Grünpflanzen und eine Statue eines dunkelhäutigen Menschen, der einen Leuchter mit vielen Lichtern in der Hand hielt. Wenige Gäste sassen auf Stühlen mit hohen Lehnen, tranken Kaffee und tauchten manchmal verschämt ein Gipfeli in die Tasse. Freuler bestellte einen Kaffee und bat die Bedienerin, der Chefin mitzuteilen, dass er hier sei. Die gross gewachsene Wirtin kam ihm diesmal noch grösser vor.

«Guten Tag», sagte sie, «Sie möchten noch ein paar Dinge wissen?»

«Ja, wenn Sie so freundlich wären.»
«Sollen wir in mein Büro gehen?»
«Nicht nötig», sagte Freuler, «ich habe nur noch zwei, drei Fragen.»
Die Wirtin setzte sich an seinen Tisch. «Bitte fragen Sie.»
«Wie lange ist Ihre Lehrtochter noch in den Ferien, wie heisst sie und wo wohnt sie?»
«Nächsten Dienstag beginnt sie wieder zu arbeiten. Sie heisst Pia Spadola und wohnt am Klingentalgraben.»
«Spadola?», wiederholte Freuler.
«Was ist denn daran so erstaunlich?»
«Die Tochter des ehemaligen Fahrers, den Schwarzenbach entlassen hat, um einen Tamilen einzustellen, der Thamby heisst und mit der jungen Frau ein Liebesverhältnis hat?»
«Wie kommen Sie denn darauf?»
«Sagen Sie nur, Sie hätten davon nichts gewusst.»
«Liebesverhältnis … sie waren vielleicht verliebt, das ist alles.»
«Sie brauchen das gar nicht zu erklären, sie ist ja achtzehn, und solange sie ihre Arbeit gut gemacht hat, bestand keine Veranlassung für Sie, sich in ihr Privatleben einzumischen. Das hat Ihr Koch ja zur Genüge getan.»
«Das war das einzige Unangenehme an ihm. Solange die Leute arbeiteten, liess er sie in Ruhe, aber wenn sie sich privat irgendwie engagierten und ihren Charme spielen liessen, wurde er unangenehm.»
«Hatte er vielleicht auch eine Neigung für besonders junge Frauen?»
«Das kann ich Ihnen nicht sagen», sagte die Wirtin, «zudem ist er jetzt tot.»
«Verzeihung», sagte Freuler, «aber wir müssen alle Möglichkeiten in Erwägung ziehen.» Er stand auf, bedankte sich für die Auskunft und verliess das Restaurant.

Er stieg bei der Tram-Endstation in den 8er und fuhr bis zum Claraplatz. Dann ging er zu Fuss zum Klingentalgraben und läutete bei Spadola.

«Was wollen Sie?», rief Luigi vom Balkon, «… ach Sie sind es, Moment, ich komme gleich runter.» Der von innen beleuchtete St. Nikolaus leuchtete auch jetzt um zehn Uhr vormittags schon von dem einen Balkon. Luigi öffnete die Tür und bat Freuler nach oben.

«Gibt es was Neues?», wollte Luigi wissen.

«Vielleicht für Sie, wer weiss?»

«Dann schiessen Sie los!»

«Dass Ihre Tochter im Restaurant ‹Schifferhaus› arbeitet, wussten wir nicht. Wussten Sie von ihrer Beziehung zu Thamby?»

«Thamby?»

«Ja, Ihr Nachfolger bei Schwarzenbach», präzisierte Freuler.

Luigi schaute ihn erst ohne etwas zu sagen mit offenem Mund an. «Mit dem? Das darf doch wohl nicht wahr sein.»

«Wie eng die Beziehung war, wissen wir nicht. Wussten Sie denn gar nicht, dass Thamby vorher im ‹Schifferhaus› gearbeitet hatte?»

«Nein, ich wusste, dass dort Tamilen arbeiten, aber die sehen ja alle gleich aus. Zudem war ich ja kaum dort. Pia hatte während der ganzen Lehrzeit kaum Probleme.»

«Sie wissen, dass der Koch tot im Rhein aufgefunden wurde und dass Thamby seit Sonntag verschwunden ist?»

«Vom Koch hab ich gelesen. Vom Chauffeur wusste ich nichts. Vielleicht krieg ich jetzt meine Stelle wieder», sagte Luigi spontan, «aber was hat meine Tochter damit zu tun?»

«Wir wären froh, wenn Sie uns ihren momentanen Aufenthaltsort bekannt geben würden.»

«Aber Sie verdächtigen doch nicht etwa …?»

«Wir wissen im Moment gar nichts», beruhigte Freuler.

«Da müssten Sie vielleicht nochmals vorbeikommen, wenn meine Frau hier ist, sie kennt, glaube ich, den Ort, wo sich Pia aufhält. Oder rufen Sie doch einfach an, nach sechs Uhr ist sie zu Hause.»

«Haben Sie den Koch näher gekannt?»

«Näher nicht, aber ich wusste von seinem Vorgänger, dass

er ziemlich jähzornig sein konnte. Dieser Schürch war ja erst seit eineinhalb Jahren dort beschäftigt.»

«Ihre Tochter hat nie etwas erzählt?»

«Nicht dass ich wüsste, aber wie gesagt, reden Sie mit meiner Frau, die weiss da besser Bescheid. Oder Sie können bei den Eltern von Pias Freundin nachfragen, mit der sie zusammen weggefahren ist.»

«Das wär's», sagte Freuler, «und wie geht es Ihnen, haben Sie eine Arbeit gefunden?»

«Ja, für drei Monate. Nächste Woche kann ich anfangen.»

«Immerhin, ich wünsche Ihnen viel Glück.»

«Vielen Dank, kann ich gebrauchen.»

«Nun machen Sie sich nicht allzu viele Sorgen. Also bis später, auf Wiedersehen.»

Freuler verliess das Haus. Er stand eine Weile unschlüssig am Klingentalgraben, starrte an die rote Mauer der Kaserne und überlegte, was wohl als Nächstes zu tun wäre. Es zog ihn instinktiv zum Rheinufer, wo er auf eine Fähre wartete. Er stieg in das sanft schaukelnde Gefährt und schaute ins Wasser, worin auch keine Lösung des Falles zu erblicken war. Er wusste bald nicht mehr, welches nun eigentlich sein Fall war: ob die Entführung Carmens gar keine oder allenfalls nur eine Verwechslung war. Der tote Koch im Rhein, der sich vehement ins Privatleben der Lehrtochter Pia eingemischt hatte, die sich ihrerseits momentan in den Ferien befand. Der tamilische Fahrer Thamby, der mit seiner Nichte Vishanta verschwunden war, die möglicherweise anstelle von Carmen entführt wurde. Wer hatte mit wem zu tun? Oder Schwarzenbach, auch eine nicht über alle Zweifel erhabene Figur. Und das Restaurant «Schifferhaus», wo anscheinend alle Fäden irgendwie zusammenliefen.

Die hölzerne Fähre schlug leicht am Landungssteg an und schaukelte sanft. Der Fährimaa stellte ein Bein auf den Steg, das andere liess er auf der Fähre und versuchte so den Abstand dazwischen möglichst gering zu halten. Nebst Freuler stiegen noch ein älteres Ehepaar und zwei Japaner aus, die mit strahlenden Gesichtern ständig auf den Auslöser ihrer Kamera drückten.

Es war inzwischen elf Uhr geworden. Die Temperatur hatte sich im Gegensatz zur letzten Woche der herrschenden Jahreszeit angepasst. Nun begann es auch noch leicht zu nieseln, und man hatte fast den Eindruck, dass es ein wenig schneite. Freuler liebte den Winter nicht besonders. Jedenfalls nicht diese Art von Winter, die sich nur mit Feuchtigkeit und einer grauen schneeähnlichen Masse präsentierte. Erst wollte er zu Fuss gehen, verspürte aber keine Lust mehr dazu; Kopfbedeckung hatte er keine dabei. So stieg er bei der Schifflände in den 17er.

Beim Büro angekommen, ging er noch ein paar Schritte dem Birsig entlang, zündete sich eine Zigarette an, schaute den Enten zu, wie sie ihre Flossen badeten, und schnippte dann den halb gerauchten Glimmstängel weg. Der flog nicht wie zumeist in hohem Bogen, sondern pfeilgerade in den Fluss, oder war das noch ein Bach? Freuler wusste es nicht, und mit diesem Unwissen überquerte er die Binningerstrasse und betrat das Polizeigebäude.

Dort erfuhr er, dass Schwarzenbach angerufen habe, er solle zurückrufen. Schwarzenbach war sofort erreichbar und schien sehr nervös. Die Entführer hätten wieder angerufen. Er habe denen erklärt, dass sie ihn in Zukunft mit weiteren Anrufen in Ruhe lassen sollten. Er habe ihnen gesagt, sie sollten sich doch an das Migrationsamt oder die Asylunterkunft wenden. Darauf beendete Freuler das Gespräch und fluchte vor sich hin. Eigentlich wollte er sich erst das Abgehörte anhören, hatte aber keine Lust dazu. Weshalb hatte Schwarzenbach denen diese Nummer gegeben? Jetzt ahnten die Entführer vielleicht, dass die Polizei eingeschaltet worden war, was unter Umständen nicht ungefährlich sein konnte.

Sein zweiter Anruf galt dem Durchgangsheim, wo sich diesmal ein gewisser Homberger meldete: «Da haben Sie uns was Schönes eingebrockt. Die Entführer haben auch schon angerufen. Ich habe ihnen gesagt, Geld gäbe es ganz sicher keines. Worauf sie sagten, ob das unser karitativer Geist sei, für ein Asylantenmädchen nichts bezahlen zu wollen. Am liebsten hätte ich gleich aufgehängt.»

«Entschuldigen Sie, das war ein Fehler der Caritas. Ich werde auch bei Ihnen eine Fangschaltung beantragen, damit wir die Gespräche mithören können, falls sie nochmals anrufen sollten. Mehr können wir im Moment nicht unternehmen.»

«Sind Sie denn sicher, dass es sich wirklich um Vishanta handelt?»

«Mit aller Wahrscheinlichkeit schon», sagte Freuler.

***

Luigi hatte nun plötzlich keine Ruhe mehr. Er rief seine Frau im Geschäft an und erzählte ihr von Freulers Besuch. «Wusstest du, dass Pia ein Verhältnis mit einem Tamilen hatte?»

«Sie hat mal erwähnt, dass einer in sie verliebt sei, aber ein Verhältnis, also ich weiss nicht», versuchte Heidi, das Ganze etwas herunterzuspielen. Sie wusste es schon lange, weil Pia ihr alles erzählte.

«Weisst du auch, welcher Tamile in sie verliebt ist?»

«Einer, der einmal im ‹Schifferhaus› in der Küche gearbeitet hat», sagte Heidi. Dass es ausgerechnet der neue Fahrer von Schwarzenbach war, wusste allerdings auch sie nicht. Und wo Pia genau hingefahren sei, wisse sie auch nicht, aber es sei noch eine Postkarte vom letzten Jahr da, die stecke an der Glastür zum Küchenschrank. Er könne aber auch Suters anrufen, die Eltern von Pias Freundin, die wüssten es sicher. Jetzt habe sie keine Zeit mehr zum Telefonieren. Sie hängte auf. Heidi arbeitete in einem Tea-Room in der Innenstadt, wo über Mittag immer Hochbetrieb herrschte.

Luigi ging in die Küche und fand die Postkarte dort, wo seine Frau gesagt hatte. Die Karte war aus Schruns, mit einem Skilift drauf, woran sich Snowboarder und Skifahrer einen schneebedeckten Berg hochziehen liessen. Darüber ein makellos blauer Himmel. Komisch, dachte er, es ist doch noch gar nicht Wintersportsaison, aber wer weiss, vielleicht hat es trotzdem genügend Schnee. Also in Schruns waren sie. Er rief bei Suters an. Die Mutter von Pias Freundin wusste auch nicht genau, wo sich die zwei Mädchen im Moment aufhielten. Ihre Tochter habe ihr gesagt, sie würden ins Elsass fahren, irgendwo bei diesen vielen Seen, mehr wisse sie auch nicht, aber beide seien ja alt genug, um auf sich aufpassen zu können, sagte sie.

«Ins Elsass?», wunderte sich Luigi, «ich dachte, nach Österreich.»

«Wollten sie erst, zum Skifahren. Sie haben sich erkundigt, aber es hiess, es habe so gut wie keinen Schnee. Also haben sie sich kurzfristig für das Elsass entschieden, die Eltern einer Schulkameradin unserer Tochter haben dort ein Wochenendhaus.»

«Ach so, na ja, im Elsass ist es ja auch ganz schön», sagte Luigi, «jedenfalls vielen Dank für die Auskunft, auf Wiederhören.»

Zuerst wollte Luigi Freuler anrufen, fand es aber besser, abzuwarten, bis seine Frau nach Hause kam, möglicherweise war ihr noch etwas eingefallen.

Er verspürte Lust, noch etwas frische Luft zu schnappen, und ging zum Claraplatz. Ins «Schiefe Eck» hatte er keine Lust, also machte er sich auf zur Ochsengasse ins «Vogelnest». Dort traf er Susy, die schon leicht angetrunken war. Erst nach dem dritten Bier begann Luigi, vom Besuch des Polizisten, vom «Schifferhaus» und von seiner Tochter zu erzählen.

«Und du weisst nicht, wo sie ist?», fragte Susy.

«Irgendwo im Elsass.»

«Vielleicht ist sie mit deinem sauberen Tamilen abgehauen. Frag doch Schwarzenbach, ob er dich wieder einstellt.»

«Ach, hör doch auf. Ich habe eine neue Arbeit, in Pratteln.»

«Gratuliere», prostete ihm Susy zu.

«Allerdings nur für zwei, drei Monate, aber immerhin.»

«Möchte mal wissen, was das für Ignoranten sind, die nicht einmal fähig sind, eine Südamerikanerin von einer Tamilin zu unterscheiden.»

«Es ist ja gar nicht sicher, vielleicht haben sie niemanden in ihrer Gewalt und bluffen nur.»

«Und, Schwarzenbach wird weiterhin erpresst?»

«Ich weiss es nicht, wohl kaum. Er wäre zwar auch ohne Geisel leicht erpressbar.»

«Wie meinst du das?», wollte Susy wissen.

Luigi hatte schon sein viertes Bier bestellt und wurde jetzt immer lauter. «Fässer mit Lösungsmitteln, alle durchgerostet. Damals hat er einfach eine Rampe drübergebaut, damit man es nicht sieht. Liess alles versickern im Boden. Wenn das rauskommt, wird das eine teure Angelegenheit. Alles ausbaggern müsste er. Das würde ihn Hunderttausende von Franken kosten.»

«Erzähl doch hier nicht irgendwas, das du nicht beweisen kannst.»

«Nicht beweisen? Jederzeit könnte ich das. Er hatte doch immer irgendwelche Schwierigkeiten mit den strenger gewordenen Umweltauflagen, schon vor Jahren hat –»

«Jetzt sei doch mal endlich ruhig», unterbrach ihn Susy. «Weshalb zeigst du ihn denn nicht an?»

Luigi etwas leiser: «Damit ich möglicherweise auch dran bin?»

«Du warst also beteiligt an der Schweinerei?»

«Ich war da angestellt.»

«Und du wusstest davon?»

«Wir mussten alle eine Art Vertrag unterschreiben, von wegen Fabrikationsgeheimnis und so», rechtfertigte sich Luigi.

«So was gehört doch nicht zur Geheimhaltepflicht. Du könntest ihn jederzeit einklagen.»

«Wart's nur ab, vielleicht mach ich das noch, aber auf meine Art», sagte Luigi, diesmal wieder allzu laut.

«Jetzt schrei doch hier nicht so herum», fuhr ihn Susy an.

Darauf war Luigi endlich ruhig.

***

Schwarzenbach sass in seinem Büro und rauchte eine Zigarre. Der einzige Raum, in dem geraucht werden durfte, sah aus wie eine Farbmuster-Zentrale. Drei Wände und die Decke waren in diversen Pastelltönen gestrichen. Einzig die Wand hinter ihm war weiss, geschmückt mit einem riesigen Tiger. Der Künstler, der es gemalt hatte, war sein kurzfristiger Kompagnon gewesen, der sich aber bald wieder von ihm getrennt hatte. Auf den ersten Blick hätte man annehmen können, dieses Raubtier sei vom selben Maler gemalt wie die Bilder, die zu Hause bei ihm in der Wohnung hingen; es war aber nur eine schlechte Kopie. Trotz Zigarrenrauchs roch es hier in seinem Büro immer noch penetrant nach Lack.

Täglich machte Schwarzenbach einmal einen Rundgang durch den ganzen Betrieb, wobei er sich am liebsten in der Auslieferung aufhielt. Riesige Holzgestelle teilten den Raum. Darauf aufgeschichtet glänzende Farbkessel in den verschiedensten Grössen. Im oberen Teil der Gestelle die kleineren Gebinde und im unteren die schwereren Kessel, auch solche aus weissem Plastik im Halbmondformat, an deren geraden Innenfläche man den Farbroller abstreifen konnte. Einige Lagerarbeiter fuhren mit kleinen Rollwagen zwischen den Gestellen hin und her, um Bestellungen von Kunden zusammenzutragen. Ein Hubstapler fuhr von der Abfüllerei zur Auslieferung, die Gestelle aufzufüllen. Schwarzenbach liebte es, zwischen den Gestellen auf und ab zu gehen, dort mal ein Gebinde gerade auszurichten oder es so zu drehen, dass die Etikette nach vorne schaute. Die Behälter waren nach Inhalt geordnet aufeinandergestellt: Kunstharzlacke, Dispersionen, Acrylfarben, und diese wieder nach Aussen- oder Innenqualität. Dem Betrieb angegliedert war noch ein hoch technisierter, computergesteuerter Komplex, worin Lacke für Druckereien hergestellt wurden. Auch dort machte Schwarzenbach einen kleinen Rundgang, wechselte ein paar Worte mit dem Meister, hielt es aber nie lange aus, weil es in diesem Gebäude am schlimmsten nach Lösungsmitteln roch.

Der Patron inspizierte auch die Lagerhalle, verschwand vollständig hinter Säcken und Leergebinden, warf da mal einen Blick in leere Blechkessel, kippte dort mal einen Sack zur Seite, bückte sich und schaute über den Boden hinweg zum hintersten Teil des Schuppens, wo sich diese Rampe befand. Er schien nichts Besonderes zu bemerken. Einem türkischen Lagerarbeiter, der eben mit einem Sackroller vorbeikam, erklärte er mit Händen und Füssen, dass der hintere Teil des Schuppens immer satt aufgefüllt sein müsse, damit vorne Platz frei werde für Neuanlieferungen. Der Arbeiter war so beeindruckt, vom Chef persönlich angesprochen zu werden, dass er sich sofort an die Arbeit machte, einzelne Säcke ganz nach hinten zu tragen und vor der Rampe aufzuschichten. Er schien seinen eigentlichen Auftrag, mit dem Sackroller etwas Bestimmtes zu holen, völlig vergessen zu haben.

SIEBEN

Freuler hatte es schon immer absurd gefunden, dass, wenn man die Grenze von Kleinhüningen nach der Bundesrepublik Deutschland überqueren wollte, um zum Beispiel im Rheincenter billig einzukaufen, beim offiziellen Grenzübergang an der Freiburgerstrasse manchmal immer noch Passkontrolle und Fragerei über sich ergehen lassen musste. Man konnte aber auch vor der Grenzkontrolle in die Neuhauserstrasse einbiegen, dann bis zum Ende der Bahnunterführung, bei der Kläranlage rechts unter der Autobahn der Grenzstrasse entlangfahren, um bei einer weiteren kleinen Unterführung, über der sich nur ein einzelnes Geleise hinzog, auf die andere Seite des Bahndammes zu gelangen. Genau das machte Freuler. Nach diesem Durchgang konnte er, unbehelligt von Grenzbeamten, zu Fuss nach Deutschland gehen. Den Wagen allerdings musste er stehen lassen, weil drei, vier Felsbrocken, in die Fahrbahn eingelassen, die Durchfahrt verunmöglichten.

Obwohl er diesen Schleichweg kannte, belustigte es ihn immer wieder. Er war heute Freitag wieder mal mit dem Dienstwagen unterwegs, hatte ihn parkiert und eine Zigarette angezündet. Einige Schritte ging er nach Deutschland rüber und dann wieder zurück in die Schweiz. Er schnippte den Zigarettenstummel über die unbewachte Grenze und ging zu Fuss durch die kleine Unterführung zurück zur Grenzstrasse. Er befand sich inmitten des Hafenviertels. Über ihm die Autobahn, welche auf Betonstelzen Richtung Deutschland führte. Er folgte der Grenzstrasse, entlang von Lagerhallen und Fuhrunternehmen, von grünen, weissen und braunen Bergen von Altglas, Kohle und aufgestapelten Containern. Mächtige Krananlagen, teilweise fahrbar, die wie riesige Insekten mit zwei Beinen auf Schienen hin- und herfuhren, um Waren von Frachtschiffen auf das Land oder umgekehrt zu transferieren. Eines dieser fahrbaren Kranungetüme hatte sich einmal bei einem Sturm selbstständig gemacht und war in die Autobahnbrücke gerast. Es stand noch immer havariert unmittelbar neben der Fahrbahn. Verbogenes Profileisen hing in der Luft. Die ganzen Hafenanlagen machten, obschon emsig Ladungen verladen und gelöscht wurden, den Eindruck einer veralteten Technologie. Einige Verladekrane standen auf rostigen Schienen neben einem Hafenbecken, von denen man erst dachte, sie seien ausser Betrieb, bis sie sich plötzlich ächzend drehten, um einen Container aufzuheben und von einem Ort an den anderen zu bringen. Es gab aber auch Gleisanlagen, auf denen sicher schon seit Jahren keine Eisenbahnwagen mehr hin- und herverschoben worden waren. Zwischen den Schienen blühten im Sommer Buddleja, diese Büsche mit den fliederähnlichen Blüten, umschwärmt von Hunderten von Schmetterlingen. Dazwischen Kamille, Haselnussstauden, Kuhnelken und Goldrute, die im Spätsommer manchmal über kilometerlange Strecken auch neben Autobahnen wuchsen. Es breitete sich hier wie dort eine Flora und Fauna aus, die auf den landwirtschaftlichen Nutzflächen längst verschwunden waren. Hier, auf den ungenutzten Gleisanlagen, wurden kein Dünger oder andere Gifte ausgebracht, deshalb konnte die Natur sich wild ausbreiten, und es gab sogar einzelne Exemplare von Nattern.

Thamby lag zuunterst auf einer dieser Treppen, die an der Hafenmauer zum Wasser hinunterführten und nur am obersten Teil ein Geländer hatten. Sein Kopf war übel zugerichtet und ein Teil seines Körpers lag im Wasser. Eine Blutspur führte über den unteren Teil der Treppe der Mauer entlang ins braune Rheinwasser. Die Leiche war wohl deshalb erst jetzt entdeckt worden, weil ein Frachtkahn, der hier angelegt war, die Sicht verdeckt hatte.

Freuler hatte keine besondere Eile gehabt, hierherzukommen. Dass der Anruf auf sein Handy ausgerechnet jetzt gekommen war, da er sich ohnehin im Hafenviertel befand, war reiner Zufall. Er hatte sich hier einfach noch einmal genauer umsehen wollen. Zugegeben, irgendwie hatte er geahnt, dass in diesem verworrenen Fall nächstens etwas Schreckliches passieren könnte.

Beim Tatort waren zwei Leute von der Spurensicherung schon an der Arbeit. Der oder die Täter hatten Thamby irgendwo niedergeschlagen, ihn hierhergefahren, um ihn in das Hafenbecken zu werfen, aber er blieb auf den untersten Stufen der Treppe liegen und war nicht ganz ins Wasser gefallen. Weshalb sich die Täterschaft nicht die Mühe genommen hatte, die wenigen Stufen hinunterzusteigen, um die Leiche ganz ins Wasser zu schubsen, blieb unklar. Vielleicht, weil sie es nachts gar nicht bemerkt hatten, oder sie wollten einfach so rasch wie möglich verschwinden und hatten sich nicht vergewissert, ob die Leiche wirklich ins Wasser gefallen war.

Nach zehn Minuten kam der Leichenwagen. Thamby wurde auf einer Bahre zum Auto gebracht und ins gerichtsmedizinische Institut gefahren.

***

Das Handy piepste, Schwarzenbach drückte auf den Knopf. «Ja? … Was wollen Sie denn noch? Ich habe Ihnen doch … wenden Sie sich … Was?»

Darauf sagte Schwarzenbach längere Zeit nichts mehr, griff nur nach seiner angerauchten Zigarre und zündete sie an. Er hörte noch eine Weile zu, was am anderen Ende der Leitung gesprochen wurde, murmelte etwas und sagte «Hallo, hallo, jetzt hören Sie …», drückte auf den Knopf, weil anscheinend das Gespräch unterbrochen war.

Es war unverkennbar dieselbe Stimme gewesen wie bei der angeblichen Entführung seiner Tochter. Dann sass er eine Weile völlig versteinert auf seinem Sessel, zog nervös an seiner Zigarre und wusste im Moment nicht, was er tun sollte. Die Entführer mussten von irgendwoher von seiner Rampe im Lagerschuppen erfahren haben und was sich darunter befand. Sein erster Gedanke war, dass es eigentlich nur eine Person gab, die etwas davon wusste und, wie es schien, mit den Entführern gemeinsame Sache machte: Luigi Spadola. Obwohl er eine Wut auf seinen ehemaligen Chauffeur hatte, konnte er sich, wenn er ganz ehrlich war, Luigi schlecht als jemanden vorstellen, der mit Entführern gemeinsame Sache machte. Trotzdem, von irgendwoher mussten sie doch Bescheid wissen. Aber von wem? Vielleicht war es nur Bluff, denn die Umwelt-Fundamentalisten, wie er sie nannte, hatten sich nur für das interessiert, was ihrer Ansicht nach ungefiltert in die Luft ging. Dass auch einiges im Boden versickert war, auf die Idee waren sie damals nicht gekommen.

Vor Jahren, beim Umbau der ganzen Fabrikanlage, wurde von einem italienischen Hilfsarbeiter, der damals noch bei dieser Baufirma arbeitete und mit dem Aushub beschäftigt war, die ganze Sauerei entdeckt. Jahrelang wurden Lösungsmittel, mit denen man Mischbehälter, Pumpen und andere Gebinde gereinigt hatte, in alte Fässer abgefüllt. Diese blieben liegen und rosteten mit den Jahren durch, sodass die ganze Brühe im Boden versickerte. Von Zeit zu Zeit wurde vom dahinterliegenden Abhang etwas Erde abgetragen und das Sichtbare damit zugedeckt.

Besagter Gastarbeiter hatte dann seinen Aushub anderswo fortgesetzt und wurde später von Schwarzenbach senior bei dieser Baufirma abgeworben. Er arbeitet noch heute in der Abfüllerei, wo sich sein Rücken von den vielen Aushubarbeiten längst erholt hat. Er konnte jedenfalls nicht derjenige sein, der etwas ausgeplaudert hatte.

Während sich Schwarzenbach immer klarer darüber wurde, in was für einer verzwickten Lage er sich befand, lief ihm der kalte Schweiss über den Bauch. Diesen neuesten Erpressungsversuch konnte er unmöglich der Polizei melden, ohne sich selbst anzuzeigen. Er goss sich erst mal einen Whiskey ein. Die Sanierung dieser Umweltsünde wäre damals beim Umbau schon ziemlich teuer gewesen, aber immerhin noch verkraftbar. Heute jedoch, wo praktisch alles überbaut war, würde es ihn finanziell ruinieren. Während er seine wieder erloschene Zigarre anzündete, läutete nochmals das Telefon.

«Schwarzenbach», meldete er sich diesmal. «Ah, guten Tag, Herr Freuler», versuchte er mit lockerer Stimme über seine Probleme hinwegzutäuschen, um aber sogleich Grund genug zu haben, die Täuschung bleiben zu lassen. «Thamby, tot, schrecklich, wo? … In einem der Hafenbecken. Was macht denn der dort? … Ach so, Sie wissen noch gar nichts … Selbstverständlich können Sie jederzeit dort rein … Ob ich was von den Entführern … nein», log Schwarzenbach. «Wann wollen Sie vorbeikommen? Ach so, Sie kommen heute, um Thambys Wohnung zu versiegeln. Ja … dann werde ich dort sein, gut, vielen Dank, auf Wiedersehen, Herr Freuler.» Er hängte auf und ertappte sich dabei, erleichtert zu sein, dass etwas Schreckliches passiert war, weil das von seinen Problemen ablenkte. Am liebsten hätte er natürlich Freuler mitgeteilt, dass er Spadola der Erpressung verdächtigte, was er aber aus bekannten Gründen nicht tun konnte. Ein beklemmendes Gefühl trieb ihm aufs Neue den Angstschweiss aus den Poren.

***

Es gab noch keinen Bericht aus dem gerichtsmedizinischen Institut. Thamby hatte im Gesicht und an den Armen einige Kratzspuren, und man würde die DNA-Analyse der Haut, die unter den Fingernägeln von Reinhard Schürch sichergestellt worden war, mit Thambys Haut vergleichen. Es war aber Freitagnachmittag und die Herrschaften schon halb im Weekend. Vor Montag war also nichts mehr zu erwarten.

«Nun reg dich mal nicht auf», sagte Meierhans, «freu dich doch ganz einfach auch auf das Wochenende. Es kommt ohnehin höchstens zweimal pro Jahr vor, dass wir gemeinsam freihaben.»

«Wir müssen das nochmals verschieben», sagte Freuler, «ich denke nicht, dass ich die Ruhe hätte, irgendwo an einem Teich zu sitzen und auf den Korken zu schauen.»

«Das hab ich befürchtet. Weisst du noch, um was es überhaupt geht bei diesem Fall?»

«Nein!», brüllte Freuler entnervt.

«Schon gut, schon gut, ich geh ja schon, schönes Wochenende.»

«Gleichfalls … entschuldige.»

Meierhans ging.

Freuler wollte sich Thambys Wohnung anschauen. Er packte das Nötige ein, nahm einen Dienstwagen und fuhr an die Schäublinstrasse. Dort angekommen, bemerkte er Licht an einem Fenster über der Garage, wo Thamby gewohnt hatte. Er läutete am Gartentor. Über die Gegensprechanlage ertönte die Stimme einer Frau. Ja, ihr Mann sei zu Hause, sie würde ihn gleich rufen. Das Tor öffnete sich. Gwendoline stand an der Haustür und begrüsste Freuler. Der hatte sich die Gattin ganz anders vorgestellt. Sie schien eher jünger als ihr Mann. Das blonde Haar war zu einer Frisur aufgetakelt, die ihrer ganzen Erscheinung etwas fast Billiges verlieh. Sie war schlank, gross, und ihr Gesicht war für Freulers Geschmack allzu sehr geschminkt. Sie begrüsste ihn mit einem Lächeln. Im selben Moment kam auch Schwarzenbach von der Garage her. «Ach, Sie sind schon da», sagte er etwas gereizt.

«Ich bin hergekommen, Thambys Wohnung zu versiegeln. Sie waren schon drin?»

«Ja, wieso, ist das verboten?»

«Sicher, Sie dürfen doch die Wohnung Ihrer Mieter nicht betreten, schon gar nicht bei einem Kriminalfall.»

«Er war mein Chauffeur, nicht mein Mieter. Die Wohnung war nämlich gratis. Es war gar nicht abgeschlossen», sagte Schwarzenbach.

«Zeigen Sie mir bitte die Wohnung.»

«Bitte sehr, hier lang.»

Sie gingen durch den Flur zu einer Tür, die in den Keller führte. Durch einen hell erleuchteten Durchgang gelangte man direkt in die Garage. Dort stiegen sie einige Stufen hoch bis zur Eingangstür einer winzigen Einzimmerwohnung. Keine leichte Aufgabe, dachte Freuler, Schwarzenbach auf sein Fehlverhalten aufmerksam zu machen und ihn gleichzeitig zu bitten, mit den

Entführern wieder zu verhandeln. Ein Schlüssel steckte im Schloss. Freuler bemerkte es, sagte aber nichts. Der Hausherr log offensichtlich.

«Wem gehört denn dieser Schlüssel?», fragte Freuler beiläufig.

«Thamby, denke ich. Brauchen Sie den?»

«Nein, behalten Sie ihn.»

Die Wohnung bestand aus einem Zimmer mit Kochnische. Die Tür war offen, in einer Ecke stand ein Bett, in einer anderen ein Schrank, und man konnte die wenigen säuberlich eingeordneten Habseligkeiten Thambys sehen. Vor dem Fenster ein Tisch und ein Stuhl, worauf Papiere unordentlich herumlagen. Es schien, als habe hier jemand etwas gesucht.

«Haben Sie was angerührt?»

«Nein, nichts, vielleicht ein Papier hab ich kurz in den Händen gehabt.»

Freuler glaubte ihm kein Wort mehr, aber er konnte sich auch nicht vorstellen, was Schwarzenbach hier gesucht haben könnte. Sie verliessen den Raum. An der Tür brachte Freuler die Versiegelung an. Danach gingen sie wieder zurück zum Haus. Im Flur stand ein bildhübsches Mädchen dunkler Hautfarbe. Freuler schätzte es zwölfjährig. Das musste Carmen sein. Sie grüsste freundlich. Freuler grüsste zurück. Die Mutter hatte sie wohl in der Zwischenzeit aufgeklärt, denn sie schien zu wissen, wer der Besucher war.

«Wann darf ich wieder in die Schule?», fragte sie.

Freuler wusste erst gar nicht, was er antworten sollte, denn er spürte förmlich, wie sehr sich das Mädchen danach sehnte, wieder in die Schule gehen zu können. Und wenn er sich dieses Elternhaus ansah, konnte er das sehr gut nachfühlen. «Bald, aber vielleicht ist es einstweilen besser, wenn du noch etwas hierbleibst.»

«Ich habe auch für die Zeit hier einen Privatlehrer eingestellt», sagte Schwarzenbach.

Als ob das die einzige Zuwendung wäre, die ein Kind benötigte, dachte Freuler. Freuler sah Carmen zum ersten Mal, und wenn er jetzt ihre Hautfarbe betrachtete, war es ihm unerklärlich, wie man die beiden Mädchen verwechseln konnte. Eines war somit fast ausgeschlossen: dass die Entführer das Mädchen gekannt hatten. Es musste also jemand sein, der durch Zufall von dieser Übergabe des Mädchens ins Internat erfahren hatte. Aber wie? Freuler zögerte erst, bevor er mit dem Hauptanliegen herausrückte. «Ich habe noch ein Problem. Ich weiss, dass Sie damit eigentlich nichts mehr zu tun haben wollten, das ist Ihr gutes Recht, aber ich möchte Sie trotzdem bitten, allfällige Telefonate der Entführer entgegenzunehmen. Das mit der fingierten Nummer scheint nicht zu klappen. Theater spielen brauchen Sie jetzt nicht mehr. Es scheint auch den Entführern klar geworden zu sein, dass sie nicht Ihre Tochter entführt haben.»

«Nein, mit diesen Gangstern zu verhandeln, hab ich endgültig keine Lust mehr …», sagte Schwarzenbach erstaunlich schnell und mit nervösem Unterton. Undenkbar, dass sein Telefon wieder abgehört würde und die Polizei die wahre Erpressung erfahren könnte.

Zwingen konnte Freuler ihn nicht, unter Druck wäre er sicher auch keine grosse Hilfe gewesen. Freuler verabschiedete sich vom Ehepaar, stieg in seinen Dienstwagen und fuhr Richtung Innenstadt. Sonderbar, dachte er, wie bestimmt und beinahe aggressiv Schwarzenbach seine Bitte verweigert hatte. Auf der Fahrt überlegte er sich, was er wohl als Nächstes tun sollte. Wegen der zwei Morde hatte die Entführungsgeschichte eine zweitrangige Bedeutung bekommen. Ein unangenehmes Gefühl beschlich ihn, als ihm einfiel, dass dem nicht so wäre, wenn das Entführungsopfer Carmen und nicht Vishanta hiesse.

Nachdem er nach der Thiersteinerallee die Eisenbahnbrücke überquert hatte, fuhr er geradeaus weiter, beim St. Jakobsdenkmal vorbei, zur Wettsteinbrücke. Er wollte in Kleinbasel nochmals Spadola besuchen. Dort parkierte er seinen Wagen auf dem Trottoir. Inzwischen leuchtete neben dem St. Nikolaus noch ein Tannenbaum mit farbigen Lämpchen, die nach einem bestimmten Programm aufblinkten. Spadolas Frau Heidi öffnete auf sein Klingeln.

«Könnte ich vielleicht nochmals mit Ihrem Mann sprechen?»

«Der ist leider im Moment nicht da.»

«Ach so», sagte Freuler, «es tut mir leid, ich hätte mich vorher anmelden sollen, aber es war so eine spontane Idee. Wann kommt er nach Hause?»

«Ich weiss es nicht. Ich denke, er ist im ‹Vogelnest›, wo er sich in letzter Zeit allzu oft aufhält. Wenn Sie unbedingt mit ihm sprechen wollen, dort werden Sie ihn finden.»

«Vielleicht mach ich das», sagte Freuler. «Nun, wenn ich schon da bin, konnten Sie erfahren, wo sich Ihre Tochter aufhält?»

«Leider nicht. Sie ist mit einem Mädchen weggefahren, das Stefanie Suter heisst. Ich habe dort angerufen, und die Mutter sagte mir, sie seien in einem Ferienhaus, das den Eltern eines weiteren Mädchens gehöre, aber sie wisse beim besten Willen nicht, wie die hiessen. Das Weekendhaus sei irgendwo im Elsass, nah an der Grenze.»

«In Hindlingen?», fragte Freuler spontan.

«Das weiss ich nicht, aber ich kann noch weiter nachfragen und Sie dann informieren.»

«Dafür wäre ich Ihnen sehr dankbar, hier meine Karte. Sie dürfen ohne Weiteres auch privat anrufen.»

Den Wagen liess Freuler stehen, es war ohnehin schon ein Bussenzettel am Scheibenwischer befestigt. Es war inzwischen achtzehn Uhr dreissig. Er nahm sein Handy aus der Tasche und rief Anita an, dass er wohl erst gegen zwanzig Uhr nach Hause käme. Sie war nicht besonders begeistert, aber sich gewohnt, dass es eben manchmal etwas später werden konnte. Dass sie morgen nicht mit Meierhans nach Hindlingen fahren würden, war ihr egal. So bestand immerhin die Möglichkeit, Samstagabend mit Max irgendwo essen zu gehen.

Es war ziemlich laut im «Vogelnest». Freuler betrat die Spelunke und setzte sich gleich neben der Tür an einen kleinen

Tisch. Am anderen Ende des Raumes konnte er Luigi erkennen. Er sass mit dem Rücken zu ihm und unterhielt sich mit Susy. Luigi war so laut, dass Freuler hier, vier, fünf Tische von ihm entfernt, manchmal einzelne Worte oder gar halbe Sätze verstehen konnte. Er hörte Worte oder Satzfetzen wie: «... dieses Schwein ... Leiche im Schrank ... toter Tamile ... Schwarzenbach ...» Als Freuler noch etwas von «‹Schifferhaus› ... Bullen und Mädchenschänder» hörte, wurde es ihm zu viel. Er stand auf und ging an den Tisch der beiden. Dort war noch ein Stuhl frei. Er setzte sich einfach hin und sagte: «Herr Spadola, finden Sie das gut, hier so rumzuschreien?»

«Siehst du, sag ich dir doch die ganze Zeit», sagte Susy.

Luigi war vollkommen überrumpelt. Freuler hier anzutreffen, hatte er zuletzt erwartet. «Ich sag ja gar nichts», sagte er, «woher wissen Sie überhaupt, dass ich hier bin?»

«Ich wollte Sie zu Hause aufsuchen, da waren Sie aber nicht. Ihre Frau sagte mir, dass ich Sie höchstwahrscheinlich hier antreffen würde.»

«Ach so. Und was wollen Sie von mir?»

«Ich wollte von Ihnen wissen, ob Sie Näheres über Ihre Tochter erfahren haben, wo sie sich befindet und so weiter.»

«Mehr als Ihnen meine Frau gesagt hat, weiss ich auch nicht», sagte Luigi mit schwerer Zunge.

«Was ist das überhaupt für ein Typ?», wollte Susy wissen.

«Freuler, Kriminalpolizei, entschuldigen Sie, dass ich mich nicht vorgestellt habe.»

«Was, ein Bulle? Und die suchen dich sogar im Wirtshaus auf», staunte Susy.

«Nur noch eine Frage, Herr Spadola: Haben Sie damals, als Ihnen die Stelle gekündigt wurde, hier auch so laut herumgeschrien?»

«Was soll denn das, ich darf doch wohl noch irgendwo die ganze Scheisse loswerden.»

«Aber manchmal bist du wirklich zu laut. Letztes Mal, als du Schwarzenbach mit dem neuen Fahrer gesehen hattest, bist du ja völlig durchgedreht.»

«Wissen Sie noch, was er alles erzählt hat?»

«Ich muss mir doch nicht vorschreiben lassen, was ich zu sagen habe», sagte Luigi, schon wieder ziemlich laut.

«Selbstverständlich nicht, aber können Sie sich erinnern, ob Sie etwas Präzises zur Übergabe Carmens ins Internat gesagt haben, Ort, Zeit und so weiter?»

«Weiss ich nicht mehr.»

«Natürlich, hat er», warf Susy ein.

«Sehen Sie, vielleicht hat das hier jemand gehört und dann mit diesem Wissen das Kind entführt.»

«Das falsche», warf Luigi ein.

«Sie können sich an niemanden erinnern, der Ihnen besonders aufgefallen wäre, jemand, der zum Beispiel besonders aufmerksam zugehört hatte?», fragte Freuler Susy.

«Das kann ich mir mal überlegen, vielleicht fällt mir jemand ein.»

«Wer war denn damals alles hier?»

«Sind doch immer dieselben Penner», räsonierte Luigi.

«Falls Sie sich an etwas erinnern, würden Sie mich anrufen? Hier ist meine Karte.»

«Aber selbstverständlich», sagte Susy und nahm die Karte, die ihr Freuler hinhielt.

«Noch etwas, das Sie vielleicht nicht gleich in die Welt posaunen sollten», sagte Freuler etwas leiser, «der neue Fahrer, dieser Tamile, wurde heute tot aufgefunden.»

«Das darf ja nicht wahr sein», sagte Luigi.

«Ist es aber», erwiderte Freuler und verabschiedete sich von den beiden.

Er war froh, als er draussen stand, der dicken Luft und dem Duft von aufgeweichten Bierdeckeln entronnen. Er ging zu Fuss zur Mittleren Brücke. Ein frischer Wind blies über den Fluss hinweg. Es war wieder etwas wärmer geworden. Anfangs Woche hatte man geglaubt, der Winter würde Einzug halten. Die Jahreszeiten waren auch nicht mehr das, was sie einmal waren. Ob das nun wirklich den Tatsachen entsprach oder ob dieser Eindruck nur mit der allgemeinen Verklärung der Vergangenheit einherging, Freuler wusste nicht, was er glauben sollte. Sicher, es gab Statistiken, die unmissverständlich darauf hinwiesen, dass es hier immer wärmer wurde. Ob das global auch stimmte, sicher war das nicht. Es gab ja auch diese schrecklichen Kälteperioden in Amerika oder wie vor Jahren in Japan.

Auf der Brücke brauste neben ihm der Verkehr, und von irgendwo kam jetzt ein leichter Geruch von Chemie. Freuler beschleunigte seine Schritte und zündete sich im Gehen eine Zigarette an. Er nahm jedoch nur ein paar wenige Züge, dann schmiss er sie ärgerlich in den Rhein. Zumindest das hatte er sich einmal vorgenommen: nicht unüberlegt, nicht im Bett, nicht nachts auf dem Klo und nicht beim Gehen zu rauchen.

Bei der Schifflände wollte er erst den Nadelberg hoch, entschloss sich dann aber, über den Märtplatz zu gehen. Es war immer noch Herbstmesse. Nochmals diesen Rummel zu durchqueren, hatte er aber keine Lust; die diesjährige Ration gebrannter Mandeln war schon überreicht worden. Also bog Freuler in den Spalenberg, um baldmöglichst zu Hause anzukommen. Da fiel ihm plötzlich ein, dass er ja mit dem Auto unterwegs war. Also ging er den ganzen Weg wieder zurück zu seinem parkierten Auto. «Ich werde alt», murmelte er vor sich hin.

ACHT

Luigi hatte einen schweren Kopf. Es war Samstagmorgen, zehn Uhr, und das Telefon läutete. Er nahm den Hörer. «Ja, Spadola … Wer bitte? … Was wollen Sie? … Hab ich gehört, ja … Sie wollen mich …? Aber nur unter der Bedingung, dass … Ja genau. Ich überlege mir das mal, ich habe nämlich eine Stelle … allerdings … Wie Sie meinen, also ich ruf Sie heute Abend oder Sonntagmorgen an. Wiedersehen, Herr Schwarzenbach.»

«Das darf ja wohl nicht wahr sein», sagte Luigi zu sich, «jetzt will der mich doch tatsächlich wieder einstellen.» Na ja, warum nicht, dachte er. Wenn Schwarzenbach ihn schon anfragte, war es ja klar, wer die Bedingungen stellen würde. Der Tamile war tot, jetzt musste er so schnell wie möglich wieder einen Fahrer haben, da hatte er natürlich zuerst an ihn gedacht, ihn brauchte er nicht einzuführen. Luigi wurde aber das Gefühl nicht los, dass es noch einen anderen Grund gab, wieso Schwarzenbach, selbst nach dieser unangenehmen Begegnung vor der Bank, wieder an ihn gedacht hatte. Was es auch immer sein konnte, besser als diese befristete Umzugsarbeit in Pratteln war die Arbeit als Fahrer allemal, selbst bei einem Typen wie diesem Farbenfabrikanten. Für Luigi war somit klar, dass er noch heute Abend seinen ehemaligen Patron anrufen und zusagen würde. Trotz Kopfschmerzen und einem leichten Unwohlsein legte sich Luigi nicht mehr hin, sondern zog seinen Pyjama aus, um zu duschen. Wie er so nackt dastand und an sich hinunterschaute, dachte er, was hab ich mir in dieser Arbeitslosenzeit einen Bierbauch angesoffen. Daran waren aber nicht nur der Alkohol, sondern wohl auch die Psychopharmaka schuld, die er gegen seine Depressionen immer geschluckt hatte. Etwas weniger Bier könnte er schon trinken, da hatte Heidi recht. Sie hatte es auch nicht allzu einfach mit ihm. Nicht nur, dass er öfter zu viel trank und in der Hüftgegend immer unansehnlicher wurde; in der Lendengegend rührte sich wegen der Medikamente praktisch nichts mehr. Wenn er seine alte Stelle wieder annahm, würde sich wieder alles zum Bessern wenden, dachte er. Er liess sich lange Zeit das heisse Wasser über seinen Kopf fliessen, hoffend, damit seinen Kater vertreiben zu können. Luigi frottierte die Nässe von seinem Körper, zog sich an und wollte erst einen Kaffee kochen, hatte dann aber plötzlich keine Lust mehr dazu. Inzwischen war es beinahe elf Uhr geworden, und er gedachte, sich seinen Morgenkaffee im «Vogelnest» zu genehmigen. Er verliess das Haus und ging erst zum Rheinweg. Die Sonne schien, und es waren einige Leute am Rheinufer unterwegs. Luigi konnte meist weder einem Spaziergang noch einer Wanderung besonders viel Sinn abgewinnen, aber heute hatte er ausnahmsweise das Bedürfnis, seinen Kopf etwas zu durchlüften. So ging er zu Fuss bis zur Mittleren Brücke, machte einen Umweg zum Claraplatz, von dort aber auf dem direkten Weg ins «Vogelnest».

Es waren nur wenige Gäste anwesend. Susy jedenfalls war noch nicht da. Bekannte konnte er keine erblicken, also setzte er sich allein an einen der freien Tische und bestellte sich einen Kaffee. An einem anderen Tisch bemerkte er einen jüngeren Mann, den er schon öfter hier gesehen hatte, aber nicht näher kannte. Er schaute Luigi kurz an, zahlte und ging. Am Stammtisch sassen drei Männer mittleren Alters beim Bier, die sich über Arschlöcher unterhielten, die ums Verrecken auf der Autobahn mit neunzig Stundenkilometern auf der Überholspur fuhren.

«Denjenigen, der die Kleine entführt hat, haben sie auch noch nicht geschnappt. Ob die noch lebt?»

«Das war kein Einzeltäter», sagte der mit den Arschlöchern.

«Wieso?», fragte der mit dem Autobahnproblem.

«Und diesen Koch, den sie ermordet und in den Rhein geschmissen haben, da fehlt von den Tätern auch jede Spur.»

«Wenn du einmal falsch parkierst, sind sie sogleich zur Stelle.»

«Das waren sicher Asyltouristen, von denen es hier nur so wimmelt.»

«Es hat einfach zu viele hier.»

«Erst Italiener, dann Türken, Tamilen und jetzt diese Schwarzen.»

«Mehr als die Hälfte ist kriminell.»

Solches und Ähnliches hätte sich Luigi noch lange anhören können, aber wenn er nichts getrunken hatte, mochte er diesem Stammtisch-Rassismus nicht länger zuhören. Wenn nicht noch mehr Gäste, unter anderem Susy, das Wirtshaus betreten hätten, wäre für ihn jetzt der Moment gewesen, das Lokal zu verlassen. Er stand auf und gab Susy zu verstehen, dass er sich etwas weiter entfernt vom Stammtisch hinsetzen wolle.

Susy setzte sich zu ihm und bestellte einen Kaffee fertig. «Seid ihr Schweizer alles Rassisten?», sagte Luigi zu Susy.

«Komm, red keinen Quatsch, das sind doch immer dieselben drei, zudem ist einer davon sogar Italiener.»

«Jetzt hör mal zu, weisst du, wer mich angerufen hat?»

«Keine Ahnung, noch ein Stellenangebot?»

«Erraten. Und weisst du, wer?»

«Wenn du mich so fragst, kann es nur Schwarzenbach sein.»

«Genau, was hältst du davon?»

«Ich weiss nicht, du hast letztes Mal selbst gesagt, dass die Stelle wieder frei sei», sagte sie, «trotzdem ist es doch etwas ungewöhnlich.»

«Möglich, jedenfalls besser als mühsame Umzugsarbeiten.»

***

Freuler lag noch im Bett. Er hörte das Geklapper des Geschirrs und roch den Duft frischen Kaffees. Er drehte sich noch einmal auf die andere Seite, und zwar so, dass er zur Küche schauen konnte. Die Küchentür war halb offen, und er konnte manchmal den ockerfarbenen Morgenmantel oder ein Stück Bein seiner Frau erblicken. Sie summte ein Lied, er konnte aber nicht erkennen, welches. War ja auch egal. Freuler liebte diese Sonntagmorgen-Stimmung. Er hatte sich schon abends auf das Morgenessen mit Anita gefreut. Eigentlich hatten sie einmal vereinbart, sich mit dem Morgenessen zubereiten abzuwechseln. Meist erhob sich aber doch Anita vor ihm. Sie musste Freuler quasi aus dem Bett werfen, wollte sie auch mal in denselben Genuss kommen. Na ja, er hatte es sehr streng.

«Max, das Morgenessen ist bereit», rief Anita aus der Küche.

«Ja», murmelte er, drehte sich nochmals auf die andere Seite und schlief beinah wieder ein. Das ging meistens drei-, viermal so weiter, bis die Stimme Anitas etwas ungeduldiger wurde, und wenn er es bis zum vierten Mal nicht geschafft hatte, sich aus dem Bett zu wälzen, konnte sie auch sauer werden. Dann fühlte er sich genötigt, war auch sauer, und die schöne Sonntagmorgen-Stimmung war im Eimer. Das bereuten dann beide. Er ärgerte sich, dass er das nie schaffte, spätestens nach der dritten Aufforderung aufzustehen, und Anita ärgerte sich über ihre Ungeduld.

Freuler war nun endlich aufgestanden und hatte sich an den Frühstückstisch gesetzt. Erst herrschte eine Zeit lang Ruhe, bis beide ihren ersten Kaffee getrunken hatten. Freuler, der beim Fenster sass, schob den Vorhang etwas zur Seite und begann das Gespräch mit «Schönes Wetter heute».

«Machen wir einen kleinen Spaziergang, was meinst du?»

«Oder einen grösseren, zum Beispiel in den Zoo.»

«In den Zoo, das soll ein grösserer Spaziergang sein?»

«Mit Fortsetzung, übers Bruderholz zum Wasserturm», erwiderte Freuler.

Eine Stunde später gingen sie aus dem Haus; denselben Weg, den Freuler auch zur Arbeit benützte. Anfangs Binningerstrasse vermied er möglichst seinen Blick zum Kommissariat zu wenden, es war schliesslich Sonntag. Die Enten standen wie gewohnt auf dem Flussgrund des Birsig. Aber weiter aufwärts verengte sich das Bachbett, und umso tiefer wurde das Wasser, das beim Eingang, nachdem es den Zoo unterirdisch durchquert hatte, ans Tageslicht kam. Der Zoologische Garten liegt wunderschön, mitten in der Stadt.

In vielen Bereichen des Zoos konnte sich Freuler Gefühlen

wie Mitleid oder Traurigkeit kaum erwehren: Ein riesiger Tiger, der stundenlang, vollkommen neurotisch, seine Runden drehte, jedes Mal beim selben Stein stehen blieb, den Kopf einmal nach links und einmal nach rechts drehte, um wieder von vorne zu beginnen. Dies machte das Tier seit Jahren. Oder Elefanten, die in betonierter Landschaft herumstanden und immer dieselben Schaukelbewegungen ausführten. Es sollte zwar einiges umgebaut und tiergerechter gestaltet werden, hatte man kürzlich der Presse entnehmen können. Trotz eines gewissen Anachronismus hatte der Zoo einen besonderen Reiz, fand Freuler.

Der Hinterausgang führt direkt auf den Dorenbachviadukt. Sie gingen eine Treppe hinab, die vom Viadukt zum Birsig hinunterführte, überquerten dann die Binningerstrasse und kamen an der St. Margarethenkirche vorbei zum Bruderholz. Oben, am Rande der grossen Wiese, träumten überall herbstliche Schrebergärten vor sich hin. Ein paar Unentwegte hatten gewohnheitsmässig ihren Barbecue-Ofen angefeuert.

Oben am Ende der grossen Wiese angekommen, liess es sich kaum vermeiden, der Schäublinstrasse entlangzugehen. An der Schwarzenbach'schen Villa vorbei, beschleunigte Freuler seine Schritte. Am höchsten Punkt angelangt, hatte man einen herrlichen Ausblick zum Blauen und der Eggflue, wo teilweise schon Schnee lag. Auf einem Feldweg, zwischen herbstlichen Äckern, Wiesen und Einfamilienhäusern, gelangten sie zum Wasserturm, in der Batterieanlage. Dieser Turm, früher ein Wasserreservoir, wurde später zu einem Aussichtsturm umfunktioniert, von dem manchmal Lebensmüde in die Tiefe sprangen. Nach Einwurf von fünfzig Rappen liess sich eine Drehtür bewegen, durch die man ins Innere des Turmes gelangte, wo eine Treppe zu einer kleinen Aussichtsterrasse hinaufführte. Eigentlich hätten sie Lust gehabt, wieder einmal hochzugehen, denn seit die Kinder grösser geworden waren, hatten sie die herrliche Aussicht von dort oben nie mehr genossen, aber das Kleingeld, das Freuler in den Schlitz steckte, wurde vom Automaten einfach nicht angenommen und kullerte jeweils unten in ein kleines Behältnis mit beweglichem Plastiktürchen. Nach zwei, drei Versuchen gab Freuler resigniert auf, und sie verzichteten auf die Turmbesteigung.

NEUN

Luigi fuhr mit dem Tram zum Bruderholz. Es war Montag früh. Er hatte noch am Samstagabend Schwarzenbach zugesagt und heute Morgen beim RAV und beim Arbeitgeber angerufen, um die Stelle in Pratteln abzusagen. Erst war sein Berater sauer geworden, aber nachdem ihm Luigi erklärt hatte, dass er wieder an seinem früheren Arbeitsplatz arbeiten könne, und das nicht nur für zwei, drei Monate, war dem Beamten nichts mehr eingefallen, was er hätte beanstanden können.

Sonderbar war Luigi schon zumute, als er beim Radiostudio ausstieg, um zur Schwarzenbach'schen Villa hochzugehen. Etwas musste dahinterstecken, dachte er, dass der Chef sich diese Blösse gab und ihn wieder einstellte. Ihn, den er so schmählich in die Arbeitslosigkeit entlassen hatte, um eine billigere Arbeitskraft einzustellen. Nun war er gespannt, was auf ihn zukam, hoffentlich war es nicht allzu peinlich. Aber wer konnte sich in der momentanen Arbeitsmarktsituation Stolz oder ähnliche luxuriöse Emotionen leisten? Es ist, wie es ist, dachte er, als er bei der Villa anlangte. Er läutete und meldete sich über die Gegensprechanlage.

Kaum hatte sich das Gartentor geöffnet, kam ihm Carmen entgegengerannt. «Luigi, bist du wieder da?» Am liebsten wäre sie ihm in die Arme gelaufen, aber das getraute sie sich dann doch nicht. Hinter ihr stand Schwarzenbach, der es sehr eilig hatte. Luigi freute sich, Carmen wiederzusehen, die sich ihrerseits sichtlich auch freute.

Schwarzenbach grüsste nur ganz kurz, so, als wäre Luigi nie weg gewesen. Luigi musste den Chef sogleich zur Bank, anschliessend zu einem Gespräch in die Innenstadt und dann in die Fabrik fahren.

***

Das Erste, was Freuler am Montagmorgen im Kommissariat tat, war die Tonbandaufzeichnungen der Entführertelefone mit Schwarzenbach nochmals anzuhören. Es ergab nicht viel Neues. Dass die Stimmen keinerlei fremdländischen Akzent hatten, sondern die eine eher dem Stadtbasler- und die andere zum Baselland-Idiom neigte, hatten sie schon früher festgestellt. Das eigenartige Geräusch, von dem Schwarzenbach gesprochen hatte, war eine Art Wasserrauschen, begleitet von einem metallischen Geklapper. Möglich wäre ein Rasensprenger. Er hörte sich das nochmals an. Da war aber noch ein anderes Geräusch. Eine Kirchenuhr! Rasensprenger und Kirchenuhr, das könnte an vielen Orten sein. Aber ein Rasensprenger im November schien doch etwas sonderbar. Das konnte nur ein Brunnen sein … und die Elisabethenkirche. Der Tinguely-Brunnen vor dem Theater. Freuler hörte sich die Aufzeichnung ein drittes Mal an. Es war eindeutig. Jetzt konnte er sogar im Hintergrund das Quietschen eines Trams hören, der 16er, der in die Theaterstrasse einbog. Also telefonierten die Entführer unter anderem auch vom Theater aus. Das half allerdings nicht viel weiter.

Etwas anderes war umso aufschlussreicher. Die gerichtsmedizinischen Untersuchungen hatten ergeben, dass die DNA-Analysen der Hautpartikel unter Thambys Fingernägeln mit der Haut vom «Schifferhaus»-Koch identisch waren. Es musste also eine Auseinandersetzung zwischen den beiden gegeben haben. Wie sich die zugetragen hatte, blieb weiterhin ein Rätsel, da ja beide tot waren. Zwar wurde die Leiche des Kochs am Dienstag, diejenige Thambys am Freitag gefunden. Das besagte aber noch nicht mit absoluter Sicherheit, dass der Koch vor Thamby zu Tode gekommen war. Die genaue Bestimmung der Todeszeit ist etwas vom Schwierigsten, hiess es im gerichtsmedizinischen Institut, vor allem bei so unterschiedlichen Menschen wie dem muskulösen, schweren Koch und dem eher zierlichen, kleinen Thamby. Jedenfalls war dessen Tod nicht durch Ertrinken eingetreten.

Freuler rief im «Schifferhaus» an und erfuhr, dass Pia, das Lehrmädchen, erst mittwochs wieder zur Arbeit erscheinen werde, nicht am Dienstag. Es tue ihr leid, meinte die Wirtin, sie habe da irgendwas verwechselt. Also versuchte er sein Glück nochmals bei den Spadolas. Diese Leitung war aber besetzt. Was sollte er als Nächstes tun? Wer konnte Thamby umgebracht haben? Vielleicht hatte er mehr über diese Entführung gewusst, als es den Anschein machte. Oder Schürch hatte sich allzu sehr in die Liebesangelegenheit von Pia und Thamby eingemischt. Sobald die junge Frau wieder hier war, würde man mehr erfahren. Vielleicht wusste sie aber gar nichts, weil sie längst im Elsass gewesen war, als die zwei sich begegneten. Er versuchte nochmals bei Spadolas anzurufen. Frau Spadola nahm das Telefon ab. Nein, Pia sei noch nicht zurück aus dem Elsass. Auch hätte sie nicht in Erfahrung bringen können, wo sie sich genau aufhalte. Sie habe sich aber auch nicht mehr besonders darum bemüht, weil sie ja ohnehin morgen zurückkomme. «Mein Mann hat übrigens seine Stelle als Fahrer wieder.»

Freuler sagte nur: «Ach, freut mich.»

«Etwas überrascht war ich schon, dass er ihn einfach wieder angefragt hat, aber wenn der eine tot ist …»

Langsam begriff er. «Schwarzenbach hat ihn einfach wieder eingestellt?»

«Ja, das war ja naheliegend.»

«Naheliegend?», entfuhr es Freuler.

«Ja, er kennt sich doch aus. Und diesmal wird Luigi die Arbeitsbedingungen bestimmen. Schwarzenbach ist auf einen Fahrer angewiesen. Er hat ja keinen Führerausweis mehr, der wurde ihm schon zum zweiten Mal abgenommen.»

«Ach so, hat er ein Alkoholproblem?»

«Und wie, der hängt doch dauernd an der Whiskeyflasche.»

«Dann ist es wirklich besser, er fährt nicht», sagte Freuler lakonisch, «und übrigens, würden Sie bitte Ihrer Tochter noch nichts von Thambys Tod erzählen. Ich möchte ihr das selbst mitteilen.»

«Wie Sie meinen», sagte Frau Spadola.

Freuler verabschiedete sich und hängte auf. Meierhans schaute kurz ins Büro und wollte wissen, wie denn das Wochenende gewesen sei.

«Wir waren im Zoo und sind von dort bis zum Wasserturm marschiert. Und du, hast du auch was gefangen?», wollte Freuler wissen.

«Ja, aber gegessen, nicht eingesperrt.»

***

Luigi war damit beschäftigt, eine Art Inventar des Leergebindes zu machen. Seinen Fahreranzug hatte er gegen einen Overall ausgetauscht. Um die verschieden grossen Kessel aus Blech und Plastik zu zählen, trug er sie erst vom hinteren Teil des Lagerschuppens nach vorne zum Ausgang. Somit wurde die Rampe der Sondermülldeponie sichtbar. An einzelnen Stellen, zwischen Mauer und Erdreich, quoll eine klebrige, teerähnliche Masse hervor.

Kurz vor elf wünschte Schwarzenbach nochmals zur Bank gefahren zu werden. Luigi wunderte sich, sie waren doch eben erst dort gewesen. Er zog seinen Overall aus, wusch sich die Hände und ging zum Auto, wo Schwarzenbach schon ungeduldig wartete. Sie fuhren zur Bank am Claraplatz. Luigi wartete im Wagen, bis sein Chef das Bankgeschäft getätigt hatte. Dann dirigierte ihn der Chef zum Riehenring und wünschte nach der grossen Kreuzung beim «Freiburgerhof» abgesetzt zu werden.

«Trinken Sie hier einen Kaffee», sagte Schwarzenbach zu Luigi, «ich habe hier in der Nähe eine Verabredung.»

«Wollen Sie zu Fuss hin?», wunderte sich Luigi.

«Ja, es ist hier gleich um die Ecke. Ich denke, in einer halben Stunde bin ich wieder zurück. Also bis später.»

Erst dachte Luigi, sein Chef wolle vielleicht zur Basler Zeitung, deren Gebäude sich auf der gegenüberliegenden Strassenseite befand, Schwarzenbach überquerte aber nirgends die Hochbergerstrasse, und Luigi konnte somit nicht feststellen, wo er hinging. Erst wollte er einen Kaffee trinken, hatte dann aber keine Lust dazu. Er schlenderte ein Stück weit in die Richtung, in der sein Chef weggegangen war. Vor der grossen Kreuzung, bei einer Gleisunterführung, führte ein Natursträsschen zum Bahndamm hoch. An einem Baum war eine Tafel angebracht, auf der stand, dass dieses Grundstück Eigentum der Schweizerischen Bundesbahnen sei und jedes Betreten desselben mit Busse geahndet werde. Trotzdem ging er den Weg entlang weiter und gelangte in eine Art Niemandsland. Das Strässchen führte zu einem teilweise verfallenen Haus, bei dem die Fenster und auch die Tür mit Brettern verrammelt waren. Vor dem Haus, inmitten von Unkraut, führten rostige Geleise vorbei. Man sah weder, woher sie kamen, noch, wohin sie führten. In einiger Entfernung träumte ein ausgedientes Bahnwärterhäuschen mit eingeschlagenen Fensterscheiben vor sich hin. Luigi getraute sich nicht, näher zu den Gebäuden hinzugehen. Man konnte nie wissen, plötzlich schoss der Hund eines Penners hervor. Ganz verlassen schien das Anwesen aber nicht zu sein. Teilweise wurde das Grundstück als Schrebergarten genutzt. Wenn nicht unmittelbar neben dem Areal die Autobahn vorbeiführen würde und darüber die Zubringer zu derselben, wäre das hier die reinste Idylle. Zwischen den beiden Betonstreifen sah man das Gebäude der Basler Zeitung und eine Tankstelle mit grossem Parkplatz.

Erst traute Luigi seinen Augen nicht, aber da stand, mit einem gelben Briefumschlag in der Hand, Schwarzenbach, unmittelbar unter der Autobahnbrücke. Nervös schaute er immer wieder über die Mauer auf den unter ihm liegenden Autobahnzubringer oder reckte seinen Hals zu der über ihm liegenden Autobahn. Dann drehte er sich um, lehnte sich an die Mauerbrüstung und blickte über den Zubringer hinweg auf die gegenüberliegende Strassenseite.

Luigi war im letzten Augenblick hinter einem Gebüsch verschwunden, um von Schwarzenbach nicht wahrgenommen zu werden. Plötzlich drehte sich der von der Mauer weg und schaute zur Autobahn hoch, von wo ein dünnes Seil mit einem Haken herunterkam. Daran befestigte Schwarzenbach den gelben Briefumschlag, schaute nochmals in die Höhe, bis der Umschlag verschwunden war, blickte noch einige Male um sich und verschwand. Luigi war ziemlich perplex. Was waren das für geheime Botschaften, die sein Chef hier austauschte, oder hatte er auf diese Art Erpressungsgelder überwiesen? Luigi machte sich auf den Weg zurück zum Parkplatz. Kaum war er dort angelangt, tauchte auch schon Schwarzenbach auf.

«Wollten Sie keinen Kaffee trinken?», fragte er.

«Nein, ich hatte keine Lust dazu. Hab mir ein wenig die Füsse vertreten.»

«Fahren wir wieder zurück ins Geschäft», sagte Schwarzenbach betont unaufgeregt.

Nachmittags setzte Luigi seine Arbeit im Lagerschuppen fort. Je mehr Gebinde er von der Rampe entfernte, umso besser wurde das Ausmass der Verschmutzung sichtbar. Teilweise klebten die leeren Kessel am Boden regelrecht fest. Er trug alle zum Eingang des Gebäudes und versuchte, sie mit Putzfäden und Verdünner zu reinigen. Am selben Ort wie bis anhin konnte er jedenfalls dieses Gebinde nicht mehr deponieren. Er versuchte, mit Latten und Brettern eine provisorische Unterlage herzurichten.

Plötzlich hielt Luigi inne. Vielleicht hatte jemand von dieser Sondermülldeponie erfahren, und Schwarzenbach wurde nun, da es mit Carmen nicht geklappt hatte, damit erpresst. War das, was er heute Mittag mitgekriegt hatte, eine Geldübergabe gewesen? Wer wusste denn noch davon? Er begann, die gereinigten Kessel zu zählen, um sie dann auf dem leicht erhöhten Holzboden im hinteren Teil des Schuppens wieder zu deponieren. Aus den Augen, aus dem Sinn. Das ganze Ausmass dieser Verschmutzung kannte er nicht. Vor längerer Zeit hatte er festgestellt, dass es im hinteren Teil des Lagers unheimlich nach Lösungsmitteln stank. Schon damals war etwas von dieser klebrigen Masse sichtbar gewesen. Er hatte dies sofort Schwarzenbach mitgeteilt. Der hatte ihn teilweise über die Verschmutzung aufgeklärt, ihn aber gleichzeitig zu absoluter Geheimhaltung verpflichtet. Möglicherweise hatte ihn Schwarzenbach nur deshalb wieder eingestellt, weil er, Luigi, einer der wenigen Mitwisser war. Eigentlich hätte er die Angelegenheit mit dem verseuchten Boden längst den Behörden melden sollen, was er aber nicht getan hatte. Vielleicht war aber auch das Verschweigen strafbar, er wusste es nicht. Jedenfalls würde er jetzt Stillschweigen bewahren. Ein angenehmerer Job als der hier war kaum so bald wieder zu bekommen, und sein Chef würde von ihm kaum mehr unbezahlte Extrafahrten fordern. Dies war momentan ohnehin kein Thema, weil Carmen das Haus im Bruderholz immer noch nicht verlassen durfte.

ZEHN

Freuler sass mit seiner Frau am Frühstückstisch. Er hatte wieder einmal furchtbar schlecht geschlafen. Irgendwann war er nachts aufgewacht und war bestimmt zwei Stunden wach gelegen; so empfand er es jedenfalls. Vielleicht war es auch nur eine Stunde gewesen, er hatte nicht auf die Uhr geschaut. Das tat er nie, wenn er nachts aufwachte. Er hatte die Erfahrung gemacht, dass sich das Wissen um die Uhrzeit eher negativ auswirkte. Erwachte er nämlich um zwei oder drei Uhr, dachte er: Um Gottes willen, jetzt hab ich erst drei Stunden geschlafen und bin schon wieder wach. Erwachte er erst um fünf, konnte er zumeist nicht mehr einschlafen, weil er in einer oder zwei Stunden ohnehin aufstehen musste. Das Mindeste, was er sich nach einer schlaflosen Nacht gönnte, war ein ausgiebiges Frühstück mit Anita. Das trug meist dazu bei, sich nicht den ganzen Tag wie ein ausgewrungener Waschlappen zu fühlen. Sie sassen sich längere Zeit stumm gegenüber. Beide hatten einen Teil der heutigen Basler Zeitung vor sich. Anita den Kulturteil und Freuler die Aussenpolitik.

Freuler strich Butter und Honig auf ein Stück Brot, ass und wartete, bis Anita den Kulturteil fertig gelesen hatte. Dann tauschten sie die Zeitungsbünde aus und lasen stumm weiter. Die Ehefrau schenkte sich aus dem Espressokännchen noch einen Kaffee ein und füllte auch Max' Tasse.

«Danke», murmelte er. «Ob Pia wirklich etwas gehabt hat mit diesem Thamby?»

«Das interessiert dich?»

«Heute treffe ich sie, ich muss ihr mitteilen, dass Thamby tot ist.»

«Wäre es da nicht besser zu wissen, ob sie ihn geliebt hat?»

«Das mein ich ja.»

«Wenn sie mit ihm was gehabt hat, wie du dem sagst, heisst das noch lange nicht, dass sie ihn geliebt hat.»

«Ich denke, bei euch Frauen ist das immer so.»

«Wie kommst du denn darauf?»

«Das sagt ihr doch immer, ihr müsstet verliebt sein.»

Anita sagte darauf nichts mehr. Sie stand auf, öffnete den Kühlschrank und fragte: «Willst du auch ein Ei?»

«Gerne, ein Drei-Minuten-Ei.»

Anita nahm ein Pfännchen, füllte es mit Wasser, legte die Eier hinein und stellte es auf die Gasflamme.

«Vergiss nicht, auf die Uhr zu schauen», ermahnte ihn Anita.

Meist war es nämlich so, dass Freuler wohl die Uhr neben sich hatte, aber vergass hinzuschauen, und Anita musste ihn dann darauf aufmerksam machen, dass es Zeit sei, auf die Uhr zu sehen. Ein Prozedere, dass sich in langen Jahren eingeschlichen hatte und sich kaum jemals mehr ändern würde. Heute klappte es zufälligerweise ausgezeichnet, denn im selben Moment, als Freuler die Zeitung beiseitelegte, fiel sein Blick auf die Uhr, auf der genau drei Minuten verstrichen waren. Er nahm die Pfanne vom Herd, schreckte die Eier mit kaltem Wasser ab und gab das kleinere Anita. Dies nicht etwa deshalb, weil er egoistisch war, sondern weil er wusste, dass Anita einem zu hart gekochten Drei-Minuten-Ei einem zu wenig gekochten den Vorzug gab. Ein kleineres Ei war logischerweise nach drei Minuten härter gekocht als eines mit mehr Volumen. Beide schlugen mit einem Messer die Spitze des Eies weg und löffelten genüsslich.

«Ich bin gespannt, was mir Pia heute zu berichten hat.»

«Manchmal habt ihr's auch nicht einfach.»

«Danke, Schatz, für dein Verständnis», sagte Freuler und griff seiner Frau unters Kinn, lehnte sich weit über den Tisch, zog Anitas Kopf zu seinem und küsste sie auf den Mund.

Im Kommissariat traf er auf dem Flur Meierhans. «Ich hab noch eine für dich vielleicht interessante Geschichte.»

«Ach so, was denn?», fragte Freuler etwas gelangweilt.

«Über deinen Koch. Willst du sie nun wissen oder nicht?»

«Über Schürch?»

«Ja, den Koch vom ‹Schifferhaus›. Roland wusste ein paar interessante Einzelheiten.»

«Dein V-Mann.»

«Jetzt hör erst mal zu, du kannst nachher wieder spotten.»

«Dann schiess los.»

«Also, Schürch hat Kampfsport gemacht.»

«Hab ich schon erfahren.»

«Das wusstest du?»

«Ja.»

«Und militant fremdenfeindlich.»

«Wer sagt das?»

«Roland weiss es aus verlässlichen Kreisen. Schürch wurde mal festgenommen, als Steine gegen ein Durchgangsheim flogen. Er selbst hatte keine geschmissen, aber er war einer der Drahtzieher. Ich hab das für dich überprüft, es stimmt.»

«Danke. Und du denkst nun, weil er Kampfsport gemacht hat, sei es unmöglich, dass Thamby ihn in den Rhein schmeissen konnte?»

«So ein schmächtiges Bürschchen?»

«Vielleicht war es ein Unfall. Thamby ist erst drei Tage nach Schürch zu Tode gekommen», gab Freuler zu bedenken.

«Du weisst, wie ungenau jeweils diese Todeszeiten sind, vor allem, wenn Leichen im Wasser lagen.»

«Vielen Dank für die gerichtsmedizinische Belehrung.»

«Gerne geschehen, wenn man einem Kollegen helfen kann …»

«Geschenkt.»

Meierhans murmelte noch etwas wie «Undank ist der Welt Lohn», und sie verabschiedeten sich.

Als Freuler nach draussen kam, schneite es. Er griff in die Manteltasche, worin er immer eine Mütze hatte, und setzte sie auf. Wenn er jetzt noch Pfeife rauchen würde … Das hatte er tatsächlich einmal versucht, um sich das Zigarettenrauchen abzugewöhnen, aber die andauernden Sherlock-Holmes-Anspielungen liessen ihn bald wieder zu profanen

Glimmstängeln greifen. Auch seine Schirmmütze setzte er nur dann auf, wenn es wirklich vonnöten war, wie zum Beispiel jetzt bei Schneetreiben. Trotz des ungemütlichen Wetters hatte er Lust, zu Fuss zu gehen. Er musste sich sammeln. Es war sechzehn Uhr, und nach fünfzehn Uhr, hatte Frau Spadola gesagt, sei Pia zu Hause. Er ertappte sich dabei, dass er geradezu hoffte, die Beziehung zwischen Thamby und Pia sei nur eine oberflächliche gewesen. Es belastete ihn jedes Mal sehr, wenn er Angehörigen mitteilen musste, dass ein Mensch, der ihnen nahegestanden hatte, tot sei. Freuler machte noch einen kleinen Umweg. Er ging durch die Steinenvorstadt zum Barfüsserplatz. Es schneite immer mehr. Obschon der Schnee auf dem Asphalt sogleich schmolz, waren bereits Anzeichen einer leichten Verkehrsverlangsamung erkennbar. Er erinnerte sich: Vor einigen Jahren hatte es so viel Schnee hingeworfen, dass gar nichts mehr gegangen war. Eine Situation, an der er sich immer klammheimlich erfreute. Es war weniger Schadenfreude darüber, dass die Autos nicht mehr den Kohlenberg hochkamen oder den Steinenberg hinunterschlitterten, als vielmehr das Bewusstsein, dass die Natur die geschäftige Emsigkeit immer wieder in die Schranken weisen konnte. Dies dürfte heute kaum eintreffen, denn der Schnee machte schon Anstalten, sich in profanen Regen umzuwandeln. Schade, dachte Freuler.

Beim Märtplatz ging er den Spalenberg hoch zur Schneidergasse. Er hatte plötzlich Lust, noch ein Bier zu trinken. Bei der «Hasenburg» blieb er stehen und dachte, ob er wohl hier seinem Verlangen nachgehen sollte, überlegte es sich aber anders. Die wenigen Male, die er in letzter Zeit dort drinnen gewesen war, hatte er meist Bekannte aus früheren Zeiten angetroffen, die ihn mit Äusserungen wie «Na, was macht die Verbrecherjagd?» oder mit der saudummen Frage «Wie sieht's aus auf der anderen Seite?» genervt hatten. Vor knapp vierzig Jahren hatte er als junger Mensch auch an Demonstrationen gegen das AKW Kaiseraugst teilgenommen, hatte später mit vielen anderen für ein AJZ demonstriert, worauf er sogar einmal kurz in einer Arrestzelle gesessen hatte. Einzelne Kollegen von damals sassen immer noch in der «Hasenburg», wie wenn die ganzen Aktionen gestern stattgefunden hätten. Dass er jetzt bei der Polizei arbeitete, legten sie ihm als eine Art Verrat aus. Manchmal hatte er sich auch mit ihnen in Diskussionen eingelassen und versucht, ihr durch Alkohol fixiertes Weltbild ein wenig zu durchlüften, mit wenig Erfolg. Dass ein Linker bei der Polizei sein Auskommen hatte, war für sie ideologisch nicht nachvollziehbar. Bulle bleibt Bulle, egal, welche Art von Verbrechen er bekämpfte. Jedenfalls momentan hätte er die Nerven nicht dazu, sich spätpubertäres Gelaber anzuhören.

Der Schnee war jetzt endgültig in Regen übergegangen, trotzdem gedachte Freuler, seinen Weg zu Fuss fortzusetzen. Er ging zur Schifflände, schlug den Mantelkragen hoch und überquerte die Mittlere Brücke. Drüben, in Kleinbasel, hatte er keine Lust mehr, ein Lokal aufzusuchen, um ein Bier zu trinken. Also ging er auf direktem Weg zum Klingentalgraben.

Der St. Nikolaus samt Illumination leuchtete immer noch vom Balkon herab. Frau Spadola bat ihn herein. Sie hatte Pia die Geschichte von Thamby schon erzählt, was ihn erst einmal sauer machte. Die junge Frau hatte sich also schon wieder so weit gefasst, dass es nicht mehr möglich war, etwas aus ihren ersten spontanen Reaktionen herauszulesen. Na ja, was sollte er machen? Pia war eine bildhübsche, eher zierliche junge Frau, der die italienische Abstammung auf den ersten Blick anzusehen war. Lange, fast schwarze Haare umrahmten ihr hübsches, etwas bleiches Gesicht.

«Die Spannung war zu gross, ich konnte mich nicht mehr zurückhalten», sagte Frau Spadola.

Pia machte nicht den Eindruck, als ob sie ihre grosse Liebe verloren hätte.

«Ich mochte ihn sehr, wir haben rumgebalgt oder ein wenig geflirtet, aber mehr war da nicht. Er war ein ganz lieber Kerl», sagte sie, und die Tränen liefen ihr über das Gesicht.

«Die Geschichte mit dem Koch, wissen Sie die auch schon?», wollte Freuler wissen.

«Ja, schrecklich, es tut mir leid, aber dem weine ich keine Träne nach.»

«Sie brauchen sich nicht zu entschuldigen. Er schien ja wirklich nicht besonders beliebt gewesen zu sein.»

«Er war ein guter Koch, aber die drei Küchengehilfen hat er dauernd schikaniert. Wenn Thamby mir mal zuzwinkerte oder wir es sonst lustig hatten, beschimpfte er ihn auf das Übelste und hatte ihm dann eine besonders unangenehme Arbeit zugewiesen.»

«Wann haben Sie Thamby das letzte Mal gesehen?»

«Sonntag vor einer Woche. Da kam er abends im Restaurant vorbei. Das machte er öfter, seine beiden Kollegen besuchen.»

«Glauben Sie nicht, dass er vor allem wegen Ihnen immer noch vorbeikam?»

«Schon möglich.»

«Wegen Schürch kam er sicher nicht.»

«Bestimmt nicht ... wir mochten uns schon sehr gut.»

«Ja und dann, haben Sie mit Thamby noch etwas unternommen?»

«Wir gingen kurz ins Restaurant ‹Schiff›, einen Kaffee trinken.»

«Und dann?»

«Ich ging nach Hause, weil anderntags wollte ich in die Ferien fahren und hatte noch einiges zu erledigen. Thamby sagte, er wolle noch zum ‹Rostigen Anker›. Dort in der Küche arbeitet ein weiterer Landsmann von ihm. Wir verabschiedeten uns, und Thamby ging der Wiese entlang Richtung Rhein und ich zur Tram-Endstation. Ach ja, und dann kam mir Schürch entgegen. Er habe noch etwas vergessen und müsse nochmals zurück ins ‹Schifferhaus›.»

«Ist es möglich, dass Schürch Sie mit Thamby gesehen hat?»

«Möglich ist es schon.»

«Haben Sie ihn zum Abschied geküsst?»

Pia errötete leicht und sagte: «Auf die Wangen, wie man das so macht unter Kollegen.»

«Können Sie sich vorstellen, dass Thamby vielleicht mehr

in Sie verliebt war als Sie in ihn. Immerhin kam er, selbst nachdem er nicht mehr im ‹Schifferhaus› arbeitete, immer wieder vorbei.»

«Wie soll sie das wissen?», fragte Frau Spadola.

«So was spürt man doch», warf Freuler ein.

«Möglich, dass er das alles viel ernster nahm», sagte Pia.

«Entschuldigen Sie, wenn ich nach solchen Intimitäten frage, aber ich denke, so was könnte der Anlass gewesen sein, dass der Koch ausgerastet ist.»

«Aber Sie denken doch nicht etwa, dass er Thamby umgebracht hat?»

«Vielleicht auch umgekehrt», erwiderte Freuler.

«Thamby soll Schürch umgebracht haben?»

«Vielleicht hat der Koch Thamby attackiert, der hat sich gewehrt, so gut er konnte. Es war vielleicht ein Unfall, während der Rangelei stürzte der Koch und fiel in den Rhein. Konnte Thamby schwimmen?»

«Wieso Thamby?»

«Wenn er schwimmen konnte, dann …»

«Und wer hat Thamby umgebracht?»

«Das wissen wir auch nicht. Jedenfalls nach Schürchs Tod blieb er verschwunden, bis wir ihn drei Tage später auch tot aufgefunden haben.»

«Vielleicht hat Schürch gesehen, wie wir sonntags ins Restaurant ‹Schiff› gingen, und hat Thamby aufgelauert.»

«Das glaub ich nicht, dann hätte er sich auch vor Ihnen versteckt. Ich denke, es war Zufall. Er hat Sie nur gesehen, wie Sie aus dem Restaurant kamen.»

«Aber das spielt doch jetzt keine Rolle mehr, es sind ja beide tot», mischte sich Frau Spadola ein.

«Trotz der DNA-Analyse, die eindeutig Hautpartikel Schürchs unter den Fingernägeln Thambys nachweisen, besteht die Möglichkeit, dass ein Gerangel zwischen den beiden nicht die Ursache von Schürchs Tod war. Wussten Sie, dass Schürch an fremdenfeindlichen Aktionen teilgenommen hat?»

«Kann ich mir gut vorstellen», sagte Pia, «so, wie er sich

immer über Asylbewerber geäussert und die Küchenhilfen schikaniert hat.»

«Ich glaube, mehr gibt es im Moment nicht zu sagen», schloss Freuler, «falls Ihnen noch etwas einfällt, besonders darüber, wo Thamby die letzten drei Tage seines Lebens verbracht haben könnte, rufen Sie mich bitte an.» Er verabschiedete sich.

***

Die beiden Frauen sassen erst ohne was zu sagen am Küchentisch. Dann stand Pia auf und begann, den Tisch zu decken. Heidi machte sich am Herd zu schaffen; sie hatte eine Büchse mit Bohnen geöffnet und briet Kartoffeln in einer Bratpfanne. Die beiden Frauen hatten noch nicht angefangen zu essen, als Luigi nach Hause kam. Er murmelte etwas, eine Begrüssung wahrscheinlich.

«Freuler war hier», sagte Heidi.

«Und?»

«Ich hab Pia vorher schon alles erzählt gehabt.»

«Was war jetzt mit diesem Tamilen?»

«Wie meinst du das?», fragte Pia bewusst naiv, «hast du was gegen Ausländer?»

«Red keinen Unsinn. Hattest du was mit dem?»

«Nein! Ist das alles, was dich interessiert?»

«Erst der Arbeitsplatz und dann …»

«Luigi, ich bitte dich, hör auf. Es war ja nichts.»

«Und wenn auch. Ich bin achtzehn, und deinen Job hast du ja wieder.»

«Hätte ich den ablehnen sollen?»

«Nein, sicher nicht», beruhigte Heidi.

Luigi schnitt Brot, und sie begannen zu essen. Pia strich sich ein Butterbrot. Die Tränen liefen ihr über die Wangen. Sie assen schweigend.

«Und der andere?», unterbrach Luigi die Stille.

«Welcher andere?»

«Der andere Tote.»

«War ein Rassist!», sagte Pia spontan.
«Hab ich immer gesagt.»
Sie assen schweigend weiter.

***

Freuler ging dem Klingentalgraben entlang zum Rhein. Dort wartete er längere Zeit auf die Fähre. Sie schaukelte am anderen Ufer vor sich hin und wollte einfach nicht ablegen. Der Regen hatte zum Glück nachgelassen. Er rauchte und dachte, die Zigarettenlänge gebe ich dem Kahn noch, andernfalls geh ich zu Fuss über die Mittlere Brücke. Kaum hatte er den Stummel elegant in den Rhein geschnippt, setzte sich die Fähre in Bewegung. Er sah zu, wie sie langsam über das graue Wasser hinübersetzte. Freuler bestieg das Schiff, setzte sich auf die lange Bank entlang der Reling und blickte in den träge dahinfliessenden Rhein. Er dachte, ich bin so klug als wie zuvor, und wunderte sich darüber, dass er schon im Versmass dachte. Drüben angelangt, ging er denselben Weg zurück, den er gekommen war. Beim Restaurant «Hasenburg» hielt er inne, überlegte kurz, schlug alle Bedenken in den Wind und betrat die Spelunke. Soweit er feststellen konnte, war kein Alt-Achtundsechziger-Genosse anwesend, jedenfalls keiner, den er oder der ihn kannte. Freuler konnte also in aller Ruhe sein Bier trinken. Reinhard Schürch, dachte er, über den wusste er eigentlich überhaupt nichts. Nach seinem Tod hatten sich nur zwei entfernte Verwandte ausfindig machen können. Er war alleinstehend gewesen. Seine Wohnung wurde damals versiegelt, und Freuler hatte sich bis jetzt nicht weiter darum gekümmert. Es war also höchste Zeit, sich im Bekanntenkreis dieses Mannes etwas umzusehen. Er hatte hinter dem Badischen Bahnhof gewohnt. Vielleicht konnte Meierhans über seinen dubiosen Informanten noch etwas mehr erfahren. Zuerst wollte er sich einmal in Schürchs Wohnung umsehen, und er verspürte den Drang, das jetzt gleich zu tun. Er bezahlte sein Bier und machte sich zu Fuss auf den Weg zum Kommissariat. Dort behändigte er den Schlüssel zu Schürchs

Wohnung. Es war zwar schon halb sechs. Also rief er noch Anita an, um ihr mitzuteilen, dass er erst so gegen sieben nach Hause käme. Er nahm an der Heuwaage das 6er-Tram und fuhr zur Station Eglisee. Dort an der Egliseestrasse hatte der Koch in einer Zweizimmerwohnung gelebt. In einem hässlichen Bau aus den fünfziger Jahren mit einem kleinen Vorgarten, wo falscher Lorbeer und blaue Stiefmütterchen in Reih und Glied wuchsen. Die Haustür war verschlossen. Scheisse, dachte Freuler, überlegte aber nicht lange und läutete irgendwo, wo er annahm, dass der Wohnungsinhaber im entsprechenden Stockwerk zu Hause war. Eine ältere Frau öffnete im zweiten Stock ein Fenster und rief: «Hallo, wer ist da?»

«Entschuldigen Sie», sagte Freuler, «Kriminalpolizei, ich sollte in die Wohnung von Herrn Schürch, die Haustür ist aber geschlossen.»

«Einen Moment», sagte die Frau, verschwand vom Fenster, und nach einer kurzen Weile summte der automatische Türöffner. Freuler drückte die Tür auf und trat ins Treppenhaus. Im zweiten Stock stand die Frau vor ihrer Wohnungstür. Schürchs Nachbarin war eine etwa siebzigjährige gepflegte Frau mit Dauerwellen im schneeweissen Haar. Freuler zeigte ihr zur Beruhigung seinen Dienstausweis. «Haben Sie, nachdem ich die Wohnung besichtigt habe, einen Moment Zeit für mich?»

«Selbstverständlich», sagte die Frau, «gibt es schon Neuigkeiten über diese schreckliche Geschichte?»

«Nein», sagte Freuler, «bis nachher.» Er nahm die Versiegelung weg, steckte den Schlüssel ins Schloss, öffnete und trat in der Wohnung. Ein muffiger Geruch kam ihm entgegen. Er öffnete die Tür zum Wohnzimmer. Das Erste, was ihm auffiel, war eine Konföderierten-Flagge, die über dem Fernseher lose an die Wand befestigt war. Dieses Südstaatenbanner, das unter anderem auch ein Symbol zur Erhaltung der Sklaverei darstellte. Was nicht zwingend hiess, dass Schürch eine solche Haltung vertreten hatte. Es gibt junge Leute, die zierten ihr Zimmer auch mit Requisiten des Dritten Reiches, ohne gleich Nazis zu sein. Aber Schürch war ein erwachsener Mann, also konnte einem solchen Emblem in seiner Wohnung schon etwas mehr Bedeutung zugemessen werden. Sogar Politiker hängen sich manchmal fragwürdige Fahnen in den Keller, erinnerte sich Freuler. Neben dem Fernseher stand eine Stereoanlage mit einem CD-Turm. Er schaute sich die Titel an: fast ausschliesslich Dixieland und Hillbilly. Die wenigen Ausnahmen bestanden aus der kleinen Nachtmusik von Mozart, Ausschnitte aus Verdi-Opern und etwas Schweizer Volksmusik. Dieser Country- und Western-Szene wurde ja auch nicht gerade Fremdenfreundlichkeit nachgesagt. Gegenüber dem Fernseher mit riesigem Bildschirm stand ein Sofa und ein Sessel, beide mit grünem Leder bezogen. An einer Wand hingen zwei Plakate einer Fluggesellschaft, auf dem einen die Rocky Mountains, auf dem andern grinste eine japanische Stewardess. Ausser einigen Bildbänden ferner Länder waren kaum Bücher in der Wohnwand. In der Mitte des Raumes stand ein grosser hölzerner Tisch, mit einem halben Dutzend Stühlen drum herum. Vielleicht hatte Schürch manchmal private Gäste bekocht. Im Schlafzimmer stand ein Bett mit zerknüllten Bettlaken, draufgeschmissen ein Pyjama. Ein Kleiderschrank stand halb offen, drin sah es für einen Junggesellen ganz ordentlich aus. Er zog eine Lade raus, da war aber nichts von Belang, wie ihm schien. Ausser dem üblichen Kram wie Rechnungen, Einzahlungsscheinen, Handschuhe, Sonnenbrillen, Klebestreifen, Dokumente oder Schreibutensilien, kaum weitere, seine rechtsradikale Gesinnung bestätigende Dinge. In einem weiteren Schubfach stiess er auf eine Schachtel mit Fotos. Auf dem einen war Schürch mit einer älteren Frau zu sehen, vielleicht seine Mutter. Auf einem andern war eine Gruppe Männer abgebildet, einer davon, im Hintergrund, konnte durchaus Schürch sein – das Foto war etwas unscharf –, hielt eine Schweizer Fahne in den Händen. Die Männer im Vordergrund hingegen waren gut identifizierbar. Auf einem anderen Foto sah man ein dunkelhäutiges Mädchen, es war von ziemlich weit entfernt abgelichtet worden und kaum zu erkennen. Diese Fotos würde Freuler auf jeden Fall mitnehmen. Draussen im Flur lag auf einem Tischchen eine Agenda.

Freuler packte auch diese ein, verschloss die Wohnung und brachte das Siegel wieder an. Er läutete bei der Nachbarin.

«Kommen Sie doch herein», sagte sie und führte ihn in eine blitzblank aufgeräumte Küche. «Möchten Sie auch einen Schwarztee?»

«Vielen Dank, nein, ich kann um diese Zeit keinen Tee mehr trinken, sonst steh ich nachts im Bett.»

«Wollen Sie etwas anderes, ein Bier vielleicht?»

«Nein danke, ich brauche nichts. Wenn Sie mir ein paar Fragen beantworten, bin ich vollauf zufrieden.»

«Über Herrn Schürch kann ich nicht viel sagen. Ich sah ihn manchmal im Treppenhaus. Er war sehr freundlich. Einmal in der Woche, ich glaube, es war Montag, hatte er immer Besuch. Da kamen jedes Mal sieben, acht Männer.»

«Ist Ihnen an denen irgendetwas aufgefallen, besondere Kleidung oder so was?»

«Ich kann mich nicht erinnern.»

«In welchem Alter waren diese Männer?»

«So zwischen fünfundzwanzig und vierzig.»

«Mehr jüngere oder mehr ältere?»

«Das weiss ich nicht mehr. Jedenfalls die Jungen hatten meist sehr kurze Haare.»

«Haben die Lärm gemacht?»

«Manchmal, aber nicht allzu sehr.»

«Haben Sie mit Herrn Schürch manchmal geplaudert oder so?»

«Wenig, guten Morgen, guten Tag. Einmal hat er gesagt, dass ich ihn an seine Mutter erinnere, die aber schon gestorben sei, und dass man froh sein müsse, wenigstens noch eine Nachbarin zu haben, die Schweizerin sei.»

«Ach so, ist das wahr?»

«Nein, eben nicht, er war der einzige Schweizer. Dass ich ursprünglich Elsässerin bin, habe ich ihm nicht gesagt. Ich glaube, dass er sehr zurückgezogen lebte. Mehr kann ich Ihnen über ihn nicht sagen.»

«Falls Ihnen noch was einfällt …»

«… ruf ich Sie an, selbstverständlich», sagte die quirlige Dame, und Freuler verabschiedete sich.

Er machte sich auf den Heimweg. Während das Tram am Badischen Bahnhof und der Mustermesse entlang Richtung Claraplatz fuhr, schaute sich Freuler Schürchs Fotos nochmals genau an. Einen Typen im Vordergrund glaubte er schon irgendwo gesehen zu haben. Aber wo? Vielleicht kürzlich in Spadolas Stammkneipe oder heute in der Hasenburg? Er konnte sich nicht erinnern. Der junge Mann auf dem Foto war vielleicht dreiundzwanzig Jahre alt, seine Haare waren länger als die der anderen Männer auf dem Foto. Beim Claraplatz stieg Freuler aus, warum nicht die Gelegenheit nutzen und dem «Vogelnest» einen Besuch abstatten?

Die Kneipe war übervoll. Zum allgemeinen Stimmengewirr lief noch die Musikbox, mit Hits aus den siebziger Jahren. Am selben Tisch wie gewohnt sass Luigi mit Susy. Freuler nahm einen freien Stuhl und ging zum Tisch der beiden. «Guten Abend, darf ich», sagte er, wobei er vor allem Susy ansprach.

«Herr Freuler, was machen Sie denn hier?», grüsste Luigi.

«Schon wieder die Polizei, sag mal …», sagte Susy.

«Gut, dass Sie auch da sind», sagte Freuler zu Susy, «ich möchte Ihnen etwas zeigen.» Er nahm das Foto mit Schürch und der Schweizer Fahne aus seiner Jacke und legte es auf den Tisch. «Erkennen Sie dadrauf jemanden?»

«Den Koch vom ‹Schifferhaus›, den erkenn ich sogar unscharf.»

«Und von den anderen Männern?»

«Den hier im Vordergrund, den hab ich schon öfter gesehen, der wohnt, glaube ich, ganz in meiner Nähe. Er kommt manchmal auch hierher.»

«Stimmt, den hab ich hier auch schon gesehen», bestätigte Luigi, indem er das Foto gegen das Licht hielt.

«Wo sind Sie denn zu Hause, Frau …? Entschuldigen Sie, ich hab Sie gar nicht nach Ihrem Namen gefragt.»

«Born.»

«Freut mich, Frau Born. Meine Name ist Freuler. Sind Sie verwandt mit diesem AKW-Sänger?»

«Sie meinen AKW-Gegner, nein, auch nicht mit dem, der dieses Buch über die Frau in der Tiefkühltruhe geschrieben hat. Ich wohne hier in der Nähe, am Bläsiring.»

«Und der Typ hier auf dem Foto, wohnt der auch dort?»

«Jedenfalls hab ich ihn dort schon zwei-, dreimal durch dieselbe Tür gehen sehen.»

«Welche Hausnummer?»

«Gute Frage, das weiss ich nicht, da müsste ich nachsehen. Jedenfalls auf der gegenüberliegenden Strassenseite.»

«Sehr zuvorkommend, vielen Dank. Übrigens, wo bleibt denn die Bedienung?»

«Warten Sie, ich mach das für Sie», sagte Susy und rief laut: «Helga!»

Kaum gerufen, war die Serviererin auch schon da. «Was willst du?»

Freuler hatte überhaupt keine Probleme mit diesem lockeren Umgangston und sagte: «Bring mir ein Bier.»

«Was ist denn das für ein Verein hier auf dem Foto?», wunderte sich Luigi.

«Das möchten wir auch gerne wissen.»

«Sieht nicht sehr sympathisch aus, dieser Männerbund», spottete Susy. «Ich kann heute Abend oder morgen früh nach dieser Hausnummer schauen, dann ruf ich Sie an, wenn Ihnen damit gedient ist.»

«Vielen Dank, ich denke, dass ich dann dort mal vorbeigehe.»

Die Serviererin brachte endlich das Bier. «Zum Wohl», sagte sie.

Freuler nahm einen grossen Schluck, nachdem er seinen zwei Tischnachbarn zugeprostet hatte.

«Ist die Entführung dieses Asylantenmädchens schon aufgeklärt worden?», fragte Luigi.

«Nein.»

«Aber für Schwarzenbach ist das abgeschlossen?»

«Nachdem klar wurde, dass nicht seine Tochter entführt wurde, war das für ihn erledigt.»

«Ach so?», wunderte sich Luigi. «Wer verhandelt denn jetzt mit den Entführern?»

«Das kann ich Ihnen nicht sagen.»

«Man darf doch wohl nachfragen.»

«So, dann lass ich Sie jetzt wieder allein», sagte Freuler, trank sein Bier aus und verabschiedete sich.

***

Luigi und Susy blieben allein an ihrem Tisch zurück. Erst bestellten sie noch je ein Bier, welches diesmal wesentlich schneller kam. Susy schaute Luigi eine Zeit lang an und sagte dann: «Sag mal, was machst du für ein Gesicht, jetzt hast du doch deine Stelle wieder.»

«Ja eben, das ist ja das Problem.»

«Wieso?»

«Schwarzenbach zahlt für irgendetwas weiterhin Erpressungsgelder.»

«Woher weisst du das?»

«Ich hab es gesehen.» Luigi erzählte Susy die Geschichte mit der Autobahn und dem gelben Briefumschlag.

«Für was soll er denn Erpressungsgelder bezahlen?»

«Ich weiss es auch nicht. Vielleicht gibt es noch etwas, für das er erpressbar wäre.» Erst wollte Luigi mit der Schweinerei im Lagerschuppen herausrücken, aber er überlegte es sich anders.

«Vielleicht ist die Briefgeschichte eine heimliche Liebesaffäre», sagte Susy scherzhaft.

«Der schreibt doch keine Liebesbriefe, sondern geht ins Puff.»

ELF

Kaum war Freuler anderntags im Büro, läutete das Telefon. Es war Susy Born. Dieser junge Mann auf dem Foto, sie wisse jetzt genau, wo er wohne. In welchem Stockwerk er zu Hause sei, habe sie nicht ausfindig machen können, deshalb wisse sie auch seinen Namen nicht, aber irgendwann werde sie ihn den Briefkasten öffnen sehen, sodass sie nachschauen könne, wie er heisse.

Freuler bedankte sich für diese Information, die ihm noch nicht sehr hilfreich war. Dann schaute Meierhans kurz in sein Büro. «Ich habe einige Neuigkeiten für dich», sagte er.

«Von deinem dubiosen Bekannten?»

«Genau, dürfte für dich ganz interessant sein.»

«Da bin ich aber gespannt.»

«Schürch soll eine Gruppe von Arbeitslosen um sich geschart haben, mit denen er höchst dubiose Pläne ausgeheckt hatte, um ihre prekäre Finanzlage zu verbessern. Laut Schürch seien an der hohen Arbeitslosigkeit die Ausländer schuld und die Unternehmer, die diese beschäftigten.»

«Und deshalb soll er umgebracht worden sein?»

«Vielleicht hat er deinen Tamilen attackiert.»

«Um Geld für Arbeitslose zu bekommen?»

«Das herauszufinden überlass ich dir.»

«Was für ein Interesse soll Schürch überhaupt gehabt haben, er hat doch als Koch bestimmt gut verdient.»

«Seine Motive? Schwer zu sagen. Er wollte einfach Leute für seine rassistischen Ideen rekrutieren. Arbeitslose oder andere Bedürftige waren ja schon immer ein geeignetes Potenzial für Fanatiker seiner Art.»

«Da hast du allerdings recht. Übrigens, ich war in Schürchs Wohnung. Dieses Foto hab ich gefunden.» Er gab es Meierhans.

«Kann ich das mal mitnehmen, ich zeig es meinem Kollegen, vielleicht erkennt er den einen oder anderen.»

Freuler war natürlich damit einverstanden, wollte allerdings erst noch eine Kopie davon anfertigen. Er ging zum kleinen Balkon, um sich eine Zigarette anzuzünden, was bedeutete, dass es ihm angenehm wäre, wenn Hans Meierhans noch etwas zum Plaudern hierbleiben würde. Meierhans hatte jedoch keine Lust oder keine Zeit, länger zu bleiben, und ging. Enttäuscht wollte Freuler erst auf gewohnte Weise den Zigarettenstummel aus dem Fenster schnippen, überlegte es sich aber anders, drückte ihn ordnungsgemäss im Aschenbecher aus und schloss das Fenster.

So gegen elf Uhr erhielt Freuler den zweiten Anruf von Susy Born. Sie hatte diesen jungen Mann, der zusammen mit Schürch auf dem Foto abgebildet war, beobachtet, wie er den Briefkasten leerte, und war dann hingegangen, um den Namen abzulesen. Er hiess Jochen, P. Jochen. Freuler bedankte sich bei Susy und gedachte nachmittags da mal hinzufahren.

Er nahm ausnahmsweise den Dienstwagen. Er glaubte wieder einmal, damit schneller als mit den öffentlichen Verkehrsmitteln ans Ziel zu gelangen. Dieses Gefühl überkam ihn nicht oft, und fast jedes Mal, wenn er etwas im Stadtgebiet zu erledigen hatte, stellte sich das als Irrtum heraus. Er dachte, falls dieser P. Jochen nicht zu Hause sein sollte, würde er sich nochmals im Hafenviertel umsehen. Irgendwie hatte er das Gefühl, als würden die Fäden dort alle zusammenlaufen. Er fuhr also zum Bläsiring. Dort gegenüber der Post war eine Art Appartementhaus, wie man sie in den sechziger Jahren gebaut hatte. Auf jedem Stockwerk waren acht oder zehn Einzelzimmer mit Kochnische, Dusche und WC. Manchmal waren für drei, vier Appartements gar nur eine Gemeinschaftsdusche und ein Klo vorhanden. Hier am Bläsiring erfreuten sich die Bewohner pro Etage einer Gemeinschaftsküche.

Die Tür stand offen, und Freuler fragte sich, ob sie überhaupt je abgeschlossen war. Er hatte keine Lust, mit dem Fahrstuhl in den zweiten Stock zu gelangen. Er ging zu Fuss die Treppen hoch. Der Eingangsbereich und das ganze Treppenhaus waren mit allem möglichen Kram verstellt: einzelne Möbelstücke, Skis, Teppiche, ausgediente Stereoanlagen, PC-Bildschirme und sonstige Dinge, die in diesen Legebatterie-ähnlichen Behausungen ohne Keller- oder Bodenabteil absolut keinen Platz fanden. Eine absolute Horrorvision für jeden Feuerwehrmann. Im zweiten Stock zog sich ein langer Gang mit nummerierten Türen dahin. Jochen wohnte in Nummer 24. Diese Tür war einen Spaltbreit offen. Vom Ende des Ganges vernahm Freuler Geschirrgeklapper; jemand war in der Küche. Freuler klopfte an die Tür. Als sich niemand regte, ging er in Richtung Küche. Dort war der Mann vom Foto damit beschäftigt, Geschirr in einen Schrank zu räumen.

«Guten Tag», sagte Freuler, «sind Sie Herr Jochen?»

«Was wollen Sie hier, wie sind Sie überhaupt hier hereingekommen?»

«Verzeihung, ist es denn jemals geschlossen hier? Sind Sie nun Herr Jochen oder nicht?»

«Wer sind Sie, wenn man fragen darf?»

Freuler zückte seinen Dienstausweis und sagte kurz: «Kriminalpolizei.»

«Und, was hab ich mit der zu tun?»

«Das wissen wir auch noch nicht. Kennen Sie einen gewissen Schürch?»

«Schürch? Nie gehört.»

«Wenn Sie schon am Lügen sind, dann überlegen Sie sich mal ganz genau: Wo waren Sie Sonntagabend vor einer Woche?»

«Was fällt Ihnen überhaupt ein? Muss ich mir das überlegen?»

«Aber sicher. Und überlegen Sie ganz genau, bevor Sie versuchen, mich nochmals anzulügen», sagte Freuler ziemlich sauer und hielt dem Typen das Foto unter die Nase.

«Ach so, den meinen Sie, das Bild ist aber schon zwei Jahre alt.»

«Das lässt sich überprüfen.»

«Mit Schürch will ich nichts mehr zu tun haben, der spinnt. Ist er nicht tot?»

«Wieso spinnt?»

«Er hatte völlig verrückte Ideen, wie man, anstatt beim Sozialamt anzutreten, zu Geld kommen könnte.»

«Versteh ich nicht.»

«Er war der Ansicht, dass Ausländer, die hier profitierten, und die Arbeitgeber, die sie beschäftigten, für Arbeitslose und Sozialhilfebezüger bezahlen sollten.»

«Wie denn das?»

«Zum Beispiel, indem man sie erpresste.»

«Wen, die Sozialhilfebezüger?»

«Blödsinn.»

«Das ist ja interessant.»

«Von was leben Sie denn?»

«Von Sozialhilfe und vom Flohmarkt.»

«Auf dem Petersplatz?»

«Genau.»

«Wo ist die Ware überhaupt her?»

«Keine Ahnung.»

«Wie denn das?»

«Ich verkauf die Ware nur. Ein türkischer Händler hat mich angefragt. Sie müssten wenigstens einen Schweizer als Verkäufer haben, sonst würden nur Ausländer kaufen.»

«Ach so ...», sagte Freuler bedeutungsvoll, «übrigens, wen erkennen Sie noch auf dem Foto?»

«Ich kann mich nicht mehr erinnern.»

«Ach hören Sie doch auf, Sie wissen doch sicher noch den Namen des einen oder anderen.»

«Vornamen vielleicht. Ich sagte ja schon, das Foto ist zwei Jahre alt. Zeigen Sie mal her.» Er nahm das Foto aus Freulers Hand und deutete mit dem Finger auf einzelne der abgelichteten Männer. «Das sind Paul, Francesco, Rüdiger, an die anderen kann ich mich nicht mehr erinnern.»

«Wissen Sie vielleicht noch von einem, wo er wohnte, oder einen Nachnamen?»

Jochen, nun einiges umgänglicher geworden, sagte: «Lassen Sie mich mal überlegen ... nein, nicht genau. Wir haben uns jeweils montags bei Schürch getroffen, und jeder ist nachher nach Hause gegangen.»

«Kein anschliessendes Bierchen im ‹Vogelnest›?»

«Manchmal mit Paul, der wohnte damals hier in der Nähe, ist aber schon lange weggezogen. Francesco hat mich manchmal ein Stück weit mit dem Wagen mitgenommen. Der wohnte in Allschwil.»

«Seinen Namen wissen Sie natürlich auch nicht, schon gar nicht die Adresse?»

«Doch, Snozzi hiess der. Ich kann mich erinnern, dass er sich manchmal darüber beklagte, er werde morgens um fünf schon geweckt, weil in der Nähe seiner Wohnung, nebst dem Tram, das dort wende, eine Getränkehandlung sei, die zur selben Zeit schon mit ihren Getränkeharassen schepperten.»

«Das ist immerhin schon etwas. Etwas versteh ich nicht, dieser Snozzi war doch sicher ein Italiener, also selbst Ausländer hier.»

«Nein, der war Tessiner, kam ursprünglich aus dem Maggiatal, aus, äh, wie hiess das Kaff, Lügner auf Italienisch, oder so was.»

«Menzonio?»

«Genau so hiess das. Und zwei kamen auch aus Deutschland, Rüdiger zum Beispiel.»

Freuler schrieb sich das alles auf. «Mit diesen Ausländern hatte Schürch keine Probleme?»

«Nein, er war der Meinung, die Deutschen oder die Italiener hätten dieselben Probleme mit gewissen Ausländern wie wir hier, in der Schweiz, also weshalb nicht gemeinsam etwas unternehmen.»

«Gegen alles, was nicht europäisch war?»

«So ungefähr.»

«Und das ausgerechnet hier in der Schweiz.»

«Wieso?»

«Lassen wir das, das ist ein anderes Thema. Sonst haben Sie nichts mehr zu berichten? Könnten Sie sich vorstellen, dass Schürch zu einer Entführung fähig wäre?»

«Theoretisch hat er alles in Erwägung gezogen. Selbst hätte er so was nie gemacht. Aber er konnte andere für seine Ideen begeistern, und ich glaube, bei seinen Anhängern gab es genügend Spinner und Fanatiker, die nicht gezögert hätten. Schürch war auch grosszügig; wenn einer seiner Anhänger in Geldschwierigkeiten war, hat er immer ausgeholfen. Er selbst hatte Arbeit und verdiente ganz gut.»

«Falls Ihnen noch ein Name oder eine Adresse einfällt, rufen Sie mich an. Versuchen Sie sich bitte zu erinnern, manchmal fällt einem plötzlich wieder etwas ein.»

Freuler ging die Treppen runter, an all dem Kram, der da herumstand, vorbei und verliess das Haus. Er überlegte, ob er jetzt mit dem Wagen zum Kommissariat fahren, um dort einige wichtige Telefongespräche zu führen, oder ob er nun die beabsichtigte Tour ins Hafenviertel machen sollte.

Eine Zigarettenlänge gab er sich Zeit, dies zu entscheiden. Es war knapp drei Uhr, er könnte also noch vor dem Feierabendverkehr wieder zurück sein. Wichtige Telefongespräche wären zwar auch mit dem Handy möglich, aber Freuler liebte diese Dinger nicht besonders. Für wichtige telefonische Besprechungen zog er es vor, an seinem Arbeitsplatz zu sitzen und nicht irgendwo mit einem Handy am Ohr herumzustehen. Freuler spickte seinen Zigarettenstummel in den Hagebuchenzaun, der den Rasenstreifen vor dem Appartementhaus vom Trottoir trennte, stieg in den Dienstwagen und fuhr zum Hafenviertel.

Er parkierte den Wagen in der Nähe des «Schwartenmagens» der, wie ihm schien, heute viel bunter aussah. Das kam wahrscheinlich daher, weil die Luft sehr feucht war und die vergilbten Farben, mit denen die Skulptur bemalt war, wie aufgefrischt worden waren. Er ging der Wiese entlang bis zur «Meerjungfrau» und dort, hinter aufgeschichteten Containern, zum Hafenbecken, wo Thamby gefunden worden war. Eben war ein Frachter am Ablegen. Als junger Mensch war Freuler einmal mit einem Frachtschiff bis Rotterdam gefahren. Danach war er so begeistert gewesen, dass er unbedingt Matrose auf einem Rheinschiff werden wollte. Aber nach Abschluss einer dafür erforderlichen Berufslehre – er hatte Buchdrucker gelernt – war er dann bei der Polizei gelandet.

Die Schiffssirene ertönte, und aus dem Auspuff kamen in kurzen Intervallen kleine schwarze Rauchwölkchen. Auf der Treppe, wo Thamby gelegen hatte, waren die Blutspuren immer noch sichtbar. Die Hafenangestellten hatten es nicht für notwendig erachtet, die Treppe zu reinigen; sie wurde auch kaum benutzt. Weiter unten, zum Wasser hin, war jetzt ein Mauervorsprung sichtbar, den man letztes Mal nicht hatte sehen können, weil damals der Wasserstand viel höher gewesen war. Freuler stieg die Treppe hinab zum Wasser, das als undurchsichtige graubraune Brühe gegen die Mauern schwappte. Etwas glitzerte auf dem Mauervorsprung. Freuler stieg bis zuunterst und machte einen grossen Schritt zum Mauervorsprung, der etwa vierzig Zentimeter von der Mauer abstand. Das glitzernde Ding, das dort lag, war ein metallener Knopf mit dem Logo einer Jeansmarke. Freuler hob ihn auf und steckte ihn in seine Tasche; wer weiss, vielleicht ein Beweisstück, ein Mosaiksteinchen, aber wer trug heutzutage keine Jeans?

Er stieg die Treppe hoch und ging der Hafenmauer entlang zur gegenüberliegenden Seite des Beckens, wo sich die Geleise hinzogen, dann der Hafenstrasse entlang bis zur Gleisunterführung.

Dort, beim unkontrollierten Grenzübergang, wo die grossen Brocken hingesetzt waren, die verhinderten, dass hier ausser den Fussgängern auch Autos die Grenze passierten, vergnügten sich Kinder damit, mit dem Velo grenzüberschreitend um die Steine herumzukurven. Kinder waren manchmal hervorragende Beobachter, und Freuler war nahe daran, sie zu befragen, aber die Frage nach einem Tamilen, hier, kaum zehn Minuten vom Asylzentrum entfernt, hätte wohl kaum Vernünftiges zutage gebracht, also liess er es bleiben.

Als er im Kommissariat ankam, war es schon halb sechs. Dort traf er Meierhans, direkt vor seiner Bürotür.

«Was machst du denn hier, kaum verlässt die Katze das Haus …»

«Jedes Mal, wenn ich hier vorbeigehe, läutet drin das Telefon.»

«Das haben Telefone so an sich», sagte Freuler lakonisch.

Nun läutete es schon wieder.

«Was hab ich gesagt.»

Freuler ging ins Büro und nahm den Hörer ab. «Anita … ja klar komm ich zum Nachtessen. Renate hat einen Mann mitgebracht … das ist ja spannend … ich war am Hafen … ach, dieses Scheissding lag wahrscheinlich im Wagen … ich vergess das doch ständig. Gut, ja … in einer halben Stunde bin ich da, also tschüss. – Da bin ich aber gespannt», murmelte Freuler noch. Hans Meierhans stand noch immer bei der Bürotür.

«Stell dir vor, Renate bringt heute einen Mann zum Nachtessen mit.»

«Na und, wie alt ist deine Tochter?»

«Dreissig … aber darum geht es doch gar nicht. Du weisst doch um ihre Schwierigkeiten mit den Männern.»

«Und du denkst, dieser wird jetzt bei dir um ihre Hand anhalten? Hoffentlich eine bessere Wahl als letztes Mal.»

«Nur weil du glaubtest, ihn mal als Freier identifiziert zu haben? Hab ich ihr nicht gesagt. Sie hat dann von sich aus … aus ganz anderen Gründen, diese Beziehung abgebrochen.»

«Stell dir vor, wer da alles nicht in Frage käme.»

Freuler wusste natürlich, dass Meierhans nicht derselben Meinung war wie er, aber vielleicht hatte das nur damit zu tun, dass Meierhans keine Tochter hatte.

«In Zürich soll ja die Sitte sogar Gratissex entgegengenommen haben.»

«Solange es nicht zu Rechtsungleichheit führt …»

«Lassen wir das», sagte Freuler und wünschte Meierhans einen schönen Abend.

Der junge Mann, den Renate zum Nachtessen eingeladen hatte, war sicher kaum zweiundzwanzig Jahre alt. So jung, dachte

Freuler. Hoffentlich sucht der nicht einfach eine Mama. Er nahm sich alle Mühe, seiner Skepsis keinerlei Ausdruck zu geben, küsste seine zwei Frauen und begrüsste den jungen Mann, der sich als Kurt vorstellte.

«Manchmal ist es schwierig, ihn zu erreichen, aber jetzt ist er ja da», sagte Anita.

«Ich will auch nicht die ganze Zeit erreichbar sein.»

«Müssen Sie das nicht, im Dienst?», wollte Kurt wissen.

Die Antwort, die Freuler diesem jungen Mann gegeben hätte, wäre er nicht mit seiner Tochter befreundet gewesen, konnte er sich mit Mühe verkneifen. Stattdessen sagte er: «Manchmal sind eben unsere Einsätze so überraschend und spontan, dass das Handy im Auto liegen bleibt.»

«Ach so, das kann ich verstehen. Sind Sie im Moment an einem schwierigen Fall?»

«Schwierig, verworren und komplex.»

«Ach so.»

«Studieren Sie?», versuchte Freuler das Thema zu wechseln.

«Ja, ich habe erst eine Mechanikerlehre gemacht, ich möchte eben später –»

«Wollt ihr einen Aperitif», unterbrach Renate, die aus der Küche gekommen war und hier im Wohnzimmer einen Schrank geöffnet hatte.

«Für mich einen Campari und was möchten Sie?», fragte Freuler.

«Für mich dasselbe.»

«Was gibt es denn heute?», wollte Freuler wissen.

«Äschen aus der Birs.»

«Kann man die wieder essen?»

«Also ich bitte dich! Mama, kommst du auch zum Aperitif?», rief Renate zur Küche.

Anita war schon mit den Gläsern unterwegs. Sie tranken den Aperitif.

«Darf man wissen, wo ihr euch kennengelernt habt?», unterbrach Freuler eine kleine Verlegenheitspause.

«Im Treppenhaus.»

«Treppenhausklatsch kann Folgen haben», sagte Freuler.

«Ach so …?», wunderte sich Kurt.

«Meine Eltern haben sich auch im Treppenhaus kennengelernt», sagte Freuler.

«Wir im Treppenhaus eines Museums», sagte Kurt.

«Ach so. Übrigens, Sie wollten mir noch etwas zu Ihrem Beruf sagen.»

«Wollte er das?», unterbrach Renate, «müssen wir unbedingt von der Arbeit reden?»

«Von mir aus nicht. Was gibt es zum Fisch?»

«Reis und Gemüse.»

«Gemüse?»

«Rosenkohl und Spinat.»

«Ach so …?»

«Aus deinem Garten.»

«Ah, schön. Haben Sie auch einen Garten?», fragte Freuler.

«Nein, aber bei uns zu Hause hatten wir immer einen Gemüsegarten, auch jetzt noch», warf Kurt ein, die etwas peinliche Stimmung zu unterbrechen. «Musstest du auch immer Unkraut jäten?», fragte Kurt Renate.

«Nicht nur, wir durften auch manchmal etwas anpflanzen.»

«Meine liebe Tochter, ihr hattet sogar jeder ein eigenes Gartenbeet», sagte Freuler.

«Stimmt ja, zwei Meter fünfzig mal neunzig.»

«Was soll das nun wieder heissen?»

«Nichts», sagte Renate, gab ihrem Vater einen Kuss auf die Wange und verschwand in der Küche.

«Glauben Sie nicht, dass es hier immer so zu- und hergeht», sagte Freuler.

«Bei uns zu Hause ist auch eine ständige Hänselei.»

«Um nochmals auf Ihren Beruf zurückzukommen …», begann Freuler.

«… der Fisch ist gar, wir können essen», flötete Renate und stellte die mit Gemüse schön dekorierten Äschen auf den Tisch. «Ecco, si mangia!»

«Sieht sehr schön aus, vielen Dank für die Einladung.»

«Manchmal koch auch ich», sagte Freuler in Anbetracht dessen, dass die Frauen bis jetzt ständig in der Küche gewesen waren.

«Und gar nicht schlecht», lobte Anita.

«Wer kocht, spült kein Geschirr, das ist unsere Devise», ergänzte Freuler.

«Ausser, jemand wird ermordet», sagte Renate.

«Also, ich bitte dich, wir sind beim Essen. Habt ihr nicht vorhin gesagt, es werde nicht von der Arbeit gesprochen.»

Nach dem feinen Essen, mit einem Weisswein aus dem Elsass und Gesprächen über Weihnachten und ähnliche Familienthemen, spielten sie Karten. Kurz nach elf verabschiedeten sich Renate und Kurt.

Beim Geschirrspülen fragte Freuler Anita: «Kennst du die Berufspläne des jungen Mannes?»

«Ach so, ja, Renate bat mich, dir das erst beim Abwasch mitzuteilen: Er möchte gerne zur Polizei.»

Ohne ein Wort zu sagen, drehte sich Freuler zu seiner Frau, in der einen Hand den Abwaschlappen, in der anderen einen von Spülmittel glänzenden Teller, und während er Anita entgeistert anstarrte, glitt ihm der Teller aus der Hand, knallte auf den Boden und zersprang in hundert Stücke.

ZWÖLF

Luigi hatte Heidi nie etwas von der Umweltsünde in Schwarzenbachs Farbenfabrik erzählt. Aber heute Freitag, beim Mittagessen, konnte er es nicht länger für sich behalten.

«Hat er dir denn etwas von einer Erpressung gesagt?», wollte Heidi wissen.

«Nein, aber ich denke, es hat mit diesen Lösungsmitteln zu tun.»

«Warum hast du mir nie etwas davon erzählt?»

«Ich fand es gar nicht so wichtig, viele ähnliche Fabrikationsbetriebe haben doch irgendwo eine Leiche im Keller.»

«Wer weiss denn noch etwas über diese Umweltgeschichte?»

«Vielleicht der eine oder andere im Betrieb, aber die halten dicht, aus Angst, die Stelle zu verlieren.»

«Vielleicht hast du mal laut gedacht oder etwas erzählt, als du zu viel getrunken hattest.»

«Komm, hör doch auf!»

«Frag doch deine Kollegin Susy oder wie sie heisst.»

Luigi murmelte etwas von «Ich bin doch nicht blöde» und ass seine Spaghetti; sie schmeckten ihm ausgezeichnet. Er konnte sich allerdings erinnern, dass er Susy irgendwann davon erzählt hatte, so betrunken war er denn auch nicht gewesen. Aber wer sollte das schon gehört haben? Nachdem sie eine Zeit lang schweigend gegessen hatten, sagte Heidi: «Solltest du diese Geschichte mit den Lösungsmitteln und Farbresten nicht der Polizei mitteilen, die müssten doch eigentlich wissen, weshalb Schwarzenbach immer noch erpresst wird.»

«Dann bin ich aber meine Stelle endgültig los.»

«Und wenn die Polizei oder wer auch immer diese Schweinerei entdeckt und sie erfahren, dass du davon gewusst hast?»

«Wie denn?»

«Zuletzt wirst du als Mitwisser auch haftbar gemacht.»

«Das lass nur meine Sorge sein», sagte Luigi leicht enerviert, ass seinen Salat und fuhr wieder zur Arbeit.

***

Schwarzenbach hatte letztes Mal zwanzigtausend Franken Erpressungsgeld bezahlt und hoffte natürlich, dass es dabei bleiben würde. Er öffnete eine kleine Schranktür neben dem Schreibtisch und entnahm dort eine Flasche Jack Daniel's. Er goss eine gehörige Portion in ein Glas, öffnete am Lavabo den Kaltwasserhahn, und als das Wasser ihm genügend kalt schien, füllte er damit das Glas auf und trank es in einem Zug leer. Er fühlte sich total beschissen. Wie auch immer, er machte sich irgendwie strafbar. Wenn er Erpressungsgelder zahlte, dann käme seine Umweltsünde vielleicht nicht ans Tageslicht. Wenn er die Methode der Geldübergabe der Polizei bekannt gab, wäre es doch für die ein Leichtes, die Erpresser zu schnappen. Diese würden dann aber aus Rache von den ausgelaufenen Fässern erzählen. Was er auch tat, er sass in der Falle. Er goss sich nochmals einen Whiskey ein und überlegte, ob es nicht besser wäre, Spadola in die ganze Geschichte einzuweihen. Einen Teil wusste er ja schon. Wenn man herausfinden könnte, wer die Leute waren. Während er so vor sich hin brütete, klingelte sein Handy. Diesmal war es eine andere Stimme. Er erkannte sie als diejenige, die er das erste Mal gehört hatte, als die Entführer noch der Meinung gewesen waren, Carmen in ihrer Gewalt zu haben. Er solle nochmals zwanzigtausend Franken in einen Briefumschlag stecken. In einer Stunde schon sollte die Übergabe am selben Ort stattfinden.

Schwarzenbach trank den Rest seines Whiskeys aus und war jetzt genau in der richtigen Stimmung, Spadola in sein Büro kommen zu lassen.

«Setzen Sie sich», begann er, «ich würde Ihnen gerne auch einen Whiskey anbieten, aber wir müssen gleich losfahren, und zwar zum selben Ort wie letztes Mal, nach Kleinhüningen zum Restaurant ‹Freiburgerhof›. Ich werde in einer bestimmten

Angelegenheit privater Natur erpresst, weiss aber nicht, von wem. Wenn ich weiss, wer die Leute sind, die mich erpressen, kann ich sie vielleicht anzeigen.»

Das wirst du wohl kaum tun, dachte Luigi, spielte aber den Überraschten.

«Während der Übergabe sollten Sie versuchen, so schnell wie möglich auf die Autobahn zu gelangen, und sich das Kontrollschild des Erpressers merken.»

«Da muss ich aber über Deutschland fahren, anders ist es nicht möglich, auf dieses Autobahnteilstück zu gelangen.»

«Egal, das dürfte kaum länger als zehn Minuten dauern.»

Das war nun eine Angelegenheit ganz im Sinne Luigis, und sein Gehirn fing sogleich an, strategisches Denken zu entwickeln. «Es wäre besser, nicht mit Ihrem Wagen hinzufahren, sondern getrennt, jeder mit einem Taxi. Wenn die Erpresser zu zweit sind, beobachtet einer vielleicht den Parkplatz, schöpft Verdacht und lässt das Ganze platzen.»

«Da haben Sie vielleicht recht», sagte Schwarzenbach und bestellte zwei Taxis. «Übrigens», fügte er noch bei, «Ihre Kündigung damals war ein Irrtum.»

Das war sicher das erste Mal, dass sich dieser Mann für etwas entschuldigte und einen Fehler eingestand. Ob es von Herzen kam, war eine andere Frage.

Vor einer halben Stunde hatten die Erpresser angerufen. Es war jetzt halb vier, um vier sollte die Übergabe stattfinden, es blieb also nicht mehr allzu viel Zeit. Jedenfalls, sagte Schwarzenbach, sollte Spadola nachher nochmals ins Büro kommen, um ihm den Ausgang der Aktion mitzuteilen. Als die Taxis ankamen, fuhr Schwarzenbach zuerst los und etwas später Luigi. Dieser bat den Fahrer Richtung Grenzübergang nach Deutschland zu fahren. Es war inzwischen Viertel vor vier geworden. Das Einzige, was Luigi befürchtete, war, dass sie an der Grenze aufgehalten würden, somit zu viel Zeit verginge und die Geldübergabe schon stattgefunden hätte. Dem war aber nicht so. Sie wurden von den Grenzbeamten nicht angehalten, es werden heutzutage glücklicherweise nur noch Stichproben gemacht. Ohne jegliche Formalitäten konnten sie passieren. Etwas konsterniert reagierte der Taxifahrer schon, als ihn Luigi bei der nächsten Ausfahrt bat, die Autobahn zu verlassen, um ihn dann gleich wieder in die Auffahrt Richtung Basel einspuren zu lassen. Sie kamen also zum selben Grenzübergang, aus entgegengesetzter Richtung. Sie wurden auch diesmal nicht angehalten, sodass Luigi befürchtete, gar zu früh an der betreffenden Stelle zu sein. In wenigen Augenblicken würden sie dorthin gelangen, wo die Erpresser ihrer Angelei frönten. Und tatsächlich, Luigi sah es schon von Weitem. Dort stand, mit blinkendem Pannenlicht, ein grüner Peugeot auf dem Pannenstreifen.

«Was macht denn der da?», wunderte sich der Taxifahrer und fuhr etwas langsamer.

«Keine Ahnung, vielleicht eine Panne», sagte Luigi möglichst beiläufig.

«Er schaut über die Brüstung.»

«Vielleicht ist ihm was runtergefallen.»

«Was soll ihm denn da runtergefallen sein … na, ist ja egal.» Der Fahrer beschleunigte wieder etwas. Die Zeit hatte Luigi gereicht, die Nummernschilder des Wagens abzulesen.

«Vielleicht ein Drogenhändler, die kommen auf die ausgefallensten Ideen.»

«Schon möglich», sagte Luigi, während er die Nummer auf einen Zettel schrieb. Er dirigierte den Taxifahrer zurück in die Fabrik. Der Fahrer dürfte sich wohl gewundert haben, was diese Rundreise zu bedeuten hatte. Er murmelte mal etwas wie «Ach so, oder wie Sie wollen» und tat seine Arbeit.

Zurück im Büro, rief Luigi beim Strassenverkehrsamt an, um den Halter dieser Autonummer zu erfahren. Das würde eine Weile dauern, meinte die Frau am Telefon, sie würden die Nummer per Fax übermitteln.

«Ich habe schon den Namen des Autobesitzers beim Strassenverkehrsamt nachgefragt», sagte Spadola zum Chef, der eine Viertelstunde später auch zurückkam. Und tatsächlich, nach einer weiteren Viertelstunde begann das Faxgerät zu rattern. Als er den Papierbogen aus dem Gerät entfernt hatte, glaubte er erst, nicht mehr von dieser Welt zu sein. Da stand doch tatsächlich neben der Nummer der Name «Reinhard Schürch».

«Dann wurde der Wagen gestohlen, Schürch ist ja tot», sagte Schwarzenbach.

«Vielleicht hat er den Wagen kurz vor seinem Tod verkauft oder steckte unter derselben Decke.»

«Kann ich mir nicht vorstellen. Wie auch immer, wenn sie wieder anrufen, werd ich denen mal einheizen.»

***

Luigi hatte ein schlechtes Gewissen. Er hatte Heidi über das Wochenende nichts von dieser Geldübergabe und Schürchs Auto erzählt. Montag früh beendete er die Arbeit im Leergebinde-Lager. Dann musste er seinen Chef in die Stadt zu einer Besprechung fahren. So gegen elf sollte er ihn dort wieder abholen und in der Zwischenzeit im Bruderholz nach dem Garten schauen. So ein Schwachsinn konnte nur Schwarzenbach einfallen. Ich möchte wissen, dachte Luigi, was es im Spätherbst im Garten zu tun geben sollte. Ob er dort eine oder zwei Stunden herumstand, spielte eigentlich keine Rolle, und so nahm er sich die Freiheit, mit dem Mercedes zum «Vogelnest» zu fahren, wo er sogar direkt vor dem Wirtshaus einen Parkplatz vorfand. Er bestellte sich einen Kaffee und überlegte, was wohl das Schlimmste wäre, was passieren könnte, wenn Schwarzenbach bei der nächsten Geldübergabe den Entführern mitteilte, dass er ihren Wagen identifiziert habe und sie nun seinerseits unter Druck setzte. Ihm war nun, trotz anfänglicher Euphorie, nicht mehr wohl in seiner Haut. Susy, die er um Rat hätte fragen können, war nicht da, und wenn er die ganze Geschichte seiner Frau erzählte, würde sie ihn sofort zur Polizei schicken. Aber Schwarzenbach verraten würde heissen seine Stelle wieder gefährden, zudem war er schon mittendrin in dieser Geschichte. Er zahlte seinen Kaffee und fuhr zur

Schwarzenbach'schen Villa. Dort winkte ihm von ihrem einen Fenster aus Carmen zu und lächelte scheu. Luigi winkte zurück. Dann schien jemand Carmen gerufen zu haben, vielleicht die Mutter oder der Privatlehrer, jedenfalls schaute sie hinter sich und verschwand im Zimmer.

Luigi ging in die Garage, wo in einem Nebenraum die Gartenwerkzeuge untergebracht waren. Er zog sein Jackett aus und streifte sich dafür seinen Helly-Hansen-Pullover über, zog die Stiefel an und ging in den Garten. Hier war alles zum Besten bestellt: Es gab nichts zu hacken, nichts zu schneiden, nicht mal ein Unkraut, das man hätte entfernen können, war in dieser düsteren Jahreszeit, irgendwo, unerlaubterweise, im Rasen oder zwischen Steinplatten hervorgewachsen. Auch die Ligusterhecke war zentimetergenau geschnitten. Genauso die Rosen und der Rhododendron. Der Cotoneaster war ohnehin radikal eliminiert. Alles kahl und blattlos. Einzig die blauen bodenabdeckenden Koniferen und der rechteckig zugeschnittene Zaun von falschem Lorbeer grünten auch zu dieser Jahreszeit unerbittlich vor sich hin.

***

Schwarzenbach hatte Luigi nichts vom weiteren Anruf der Entführer gesagt und war alleine mit einem Taxi zum «Freiburgerhof» gefahren. Er hatte, wie die vorigen Male, einen Briefumschlag an die Schnur gehängt, jedoch diesmal kein Geld hineingetan, sondern nur einen Zettel, worauf er geschrieben hatte: «Wir kennen Ihre Autonummer, bei weiteren Forderungen werde ich die Nummer der Polizei bekannt geben.» Schwarzenbach war überzeugt, diese Erpresser gehörig hereingelegt zu haben. Er fuhr mit dem Taxi wieder zurück in die Stadt, wo er sich von Luigi abholen und direkt nach Hause fahren liess. Luigi durfte nun auch nach Hause gehen.

Gwendoline war noch nicht zu Hause. Einzig Carmen und ihr Privatlehrer, der sich aber sogleich verabschiedete. Der Unterricht war zwar schon längere Zeit beendet gewesen, aber die Pflegeeltern hatten den Lehrer gebeten, jeweils so lange zu bleiben, bis ein Elternteil zu Hause war.

***

Dienstag früh schneite es. Freuler überkam eine leicht melancholische Stimmung, als er durch die Steinenvorstadt zur Arbeit ging. Nun passten die seit Wochen in den Schaufenstern oder vor den Ladentüren aufgestellten vorweihnächtlichen Requisiten. Es war auch kälter geworden. Der Schnee schmolz nicht gleich dahin, sondern blieb eine Weile auf dem nassgrauen Asphalt als Verzuckerung liegen, worin sich die verschiedenen Muster von Gummiprofilsohlen abzeichneten. Es war aber kaum zu erwarten, dass nun bis zu Weihnachten immer etwas mehr Schnee fallen und die Idylle so perfekt werden würde, wie er sie in seiner Kindheit glaubte erlebt gehabt zu haben. Es war durchaus möglich, dass die Weihnachtstage regennass und mild sein würden.

Es war halb acht, als er ins Kommissariat kam. Hans Meierhans war auch schon anwesend. Freuler sah ihm von Weitem an, was der so gerne wissen wollte. Seit Mittwoch hatten sie sich nämlich nicht mehr gesehen. Ohne dass Meierhans etwas gefragt hatte, sagte Freuler laut, aber scherzhaft: «Nein!»

«Wie du meinst, ich hab ja gar nichts gesagt.»

«Gesagt nicht, aber von Weitem ausgestrahlt.»

«Ach so», sagte Meierhans unschuldig. Er wusste natürlich sehr wohl von Freulers Sorgen darüber, dass seine Tochter mit dreissig Jahren immer noch keine feste Beziehung hatte und wenn sich etwas anbahnte, meist etwas faul war.

«Wie war denn der Mittwochabend?»

«Er ist zweiundzwanzig und will zur Polizei.»

«Wer?» Diese Frage war nun derart scheinheilig, dass sich Freuler in keiner Weise verpflichtet fühlte, überhaupt zu antworten.

«Zur Kriminalpolizei?», fuhr Meierhans fort, «das ist doch gut, wir brauchen Nachwuchs.»

«Lassen wir das. Etwas Wichtigeres, weisst du, wo es in Allschwil eine Getränkehandlung gibt?»

«Keine Ahnung, fahr doch einfach mal hin und schau dir dieses Kaff an. Mehr als zwei Getränkehandlungen wird es dort wohl kaum geben.»

Freuler war aufgestanden, hatte die Tür zu seinem Minibalkon geöffnet, sich eine Zigarette angezündet und blies den Rauch ins Freie.

Ah, dachte Meierhans, da wird man wohl noch Näheres erfahren.

Und tatsächlich, nach einigen Zügen an seinem Glimmstängel sagte Freuler: «Etwas jung ist er, aber ganz nett.»

«Na und?», sagte Meierhans provokativ.

«Wenn es wenigstens umgekehrt wäre.»

«Komm, hör auf, wie kannst du das heutzutage noch ... und er will zur Kripo?»

«Jedenfalls zur Polizei.»

«Hauptsache, sie lieben sich.»

«Genau», sagte Freuler, was aber überhaupt nicht wie eine Bestätigung klang.

«Ich denke, du machst dir Sorgen um Dinge, die dich eigentlich gar nichts mehr angehen.»

«Was heisst da, nichts angehen ... na gut, vielleicht hast du recht.»

Freuler wollte eben mit dem Zeigefinger über dem Daumen seinen Zigarettenstummel ins Freie befördern, als das Telefon läutete. Er drückte also die brennende Zigarette im Aschenbecher aus, ging zum Schreibtisch, setzte sich und hob den Hörer ab.

Meierhans verliess das Büro.

Es war Signer, der anrief. «Vishanta ist zurückgekehrt.»

Freuler erhob sich wieder von seinem Stuhl. «Wie zurückgekehrt?»

«Sie wurde mit einem grünen Peugeot nach Riehen gefahren, wo sie die Entführer mit verbundenen Augen und gefesselten Händen und Füssen samt dem Wagen in einem Waldstück einfach stehen liessen.»

«Ist sie unverletzt?»

«Ein paar Schürfwunden und ziemlich abgemagert, aber sonst wohlauf. Sie hatten sie nur leicht gefesselt, sodass sie sich selbst befreien konnte.»

«Ist es möglich, mit ihr zu sprechen?»

«Ich denke schon», sagte Signer.

«Ich werde heute Vormittag noch vorbeikommen.» Er legte auf, setzte sich wieder. Damit hatte Freuler nicht gerechnet.

Er verliess sein Büro, fuhr mit dem Lift ins Parterre, ging an den riesigen Grünpflanzen im Lichthof vorbei zum Ausgang, überquerte die Binningerstrasse, setzte sich auf eine Bank, schaute in den Birsig und zündete nochmals eine Zigarette an. Der Wasserstand war jetzt etwas höher, die Enten konnten richtig schwimmen, ohne dauernd mit den Flossen am Flussgrund anzustossen. Freuler hatte gar nicht realisiert, dass er sich schon wieder eine Zigarette angezündet hatte, und war darüber so wütend, dass er sie bar jeder Gewohnheit unter die Bank schmiss und mit dem Schuh zertrat. Er schaute einige Zeit den Enten zu, die immer wieder den Kopf ins Wasser steckten, um mit Schlamm und ähnlichem Grünzeug im Schnabel aufzutauchen. Vom Zoo her kam ein bellender Hund angerannt. Er versuchte, eine der Enten zu schnappen, was ihm aber nicht gelang. Der Halter amüsierte sich köstlich, jedenfalls machte er keinerlei Anstalten, das Tier zurückzupfeifen. Nach erfolgloser Jagd stand der Hund am Flussufer und bellte. Sein Meister hatte sich auf eine Bank gesetzt und hielt sein Gesicht gegen die spärlichen Sonnenstrahlen, die nun durch den sich auflösenden Nebel schienen. Das Gebell seines Hundes schien ihn überhaupt nicht zu stören, und die sonst noch anwesenden Mitmenschen hatten sich daran zu ergötzen. Wäre Freuler nicht zu sehr mit der neuesten Entwicklung seines Falles beschäftigt gewesen, hätte er sich über dieses Verhalten fürchterlich ärgern können. Irgendwann drang trotz Sonnenschein die Winterkälte durch seinen Mantel. Er stand auf und holte den Dienstwagen.

Vishanta sass auf der Bettkante des unteren Teiles eines Kajütenbettes und weinte. Sie hatte eben erst erfahren, dass Thamby tot war. Eine Betreuerin, die neben ihr auf einem Stuhl sass, gab Freuler mit einer Handbewegung zu verstehen, dass er doch bitte das Mädchen nicht gleich mit allzu belastenden Fragen noch mehr verunsichern solle. Der antwortete auf dieselbe Art, mit der Hand von oben nach unten, ähnlich einem Verkehrspolizisten, der die Autofahrer zu langsamerer Fahrt aufforderte. Die Betreuerin, eine Sozialarbeiterin von etwa vierzig Jahren, war dunkelblond, mager und vermittelte in keiner Art und Weise das Bild einer sich in multikulturellem Idealismus suhlenden Spätachtundsechzigerin. Freuler war erleichtert. Er hatte schon oft mit solch unbedarften Menschen aus ähnlichen Bereichen zu tun gehabt, für die das Erwähnen einer Charakterschwäche, irgendwelchen Untugenden oder gar kriminellen Eigenschaften an einem einer fremden Ethnie angehörenden Menschen bereits als Rassismus galt.

Die Frau erhob sich vom Stuhl, setzte sich kurz neben das Mädchen auf den Bettrand, legte ihr die Hand auf den Arm und sagte: «Das ist Herr Freuler von der Kriminalpolizei. Er möchte dir ein paar Fragen stellen.»

Vishanta schaute kurz zu Freuler und nickte leicht mit dem Kopf. Freuler fand dieses junge Mädchen ausnehmend hübsch, obschon es noch magerer als ihre Betreuerin schien. Freuler überlegte, ob er sie auch mit Du oder eher mit Sie ansprechen und was er wohl als Erstes fragen und in welcher Sprache er wohl sprechen sollte. Er entschied sich für Sie. Die Betreuerin schien seine Gedanken gelesen zu haben und sagte: «Sie spricht sehr gut Deutsch.»

«Ach so», erwiderte Freuler, «natürlich.» Erst jetzt erinnerte er sich wieder daran, dass Vishanta hier zur Schule gegangen war. «Wie geht es Ihnen?»

Das Mädchen hob leicht die Schultern, und Freuler wurde sich im Nachhinein bewusst, dass diese Frage eine reine Floskel gewesen war. «Haben Sie die Entführer irgendwann gesehen, sodass Sie sie beschreiben könnten?»

«Nein, sie haben sich immer eine Maske aufgesetzt, wenn sie mit mir sprachen oder mir das Essen brachten.»

«Wie wurden Sie behandelt?»

Vishanta hob wieder leicht die Schultern, sagte aber nichts.

Freuler schaute zur Sozialarbeiterin, diese schüttelte den Kopf und sagte: «Sie wurde nicht belästigt, wir haben schon darüber gesprochen.»

«Wissen Sie, wo Sie die ganze Zeit festgehalten wurden?»

«Nein. Ein ganz kleines Haus, glaube ich, in einem Raum, da war nur eine Matratze und ein Stuhl.»

«Waren Sie gefesselt?»

«Nein, aber wenn ich mal rausmusste, haben sie mir die Augen verbunden.»

«Hatte das Zimmer ein Fenster?»

«Ja, ein ganz kleines.»

«Konnten Sie nicht feststellen, wo das Haus stand?»

«Keine Ahnung, ich sah nur Gestrüpp, Gras und rostige Schienen.»

«Schienen?»

«Ja, Eisenbahnschienen.»

«Das ist ja schon mal was. Aber Züge fuhren da keine?»

«Nein, aber Autos hat man viele gehört.»

«Sie haben die Entführer sicher reden hören, hatten sie einen besonderen Akzent?»

«Nein, wie Leute von hier. Der eine sprach etwas anders als der andere, aber ich glaube, beide waren Schweizer.»

«Haben die Männer etwas gesagt, weshalb sie Sie freiliessen?»

«Sie haben nur gesagt, ich sei die Falsche.»

«Haben sie das denn nicht schon früher bemerkt?»

Darauf sagte Vishanta nichts mehr. Sie schaute weg und fing an zu weinen. Die Sozialarbeiterin machte wieder eine ähnliche Bewegung mit den Händen, und Freuler machte sie fast automatisch mit. Es hiess wohl, dass er jetzt mit der Fragerei aufhören sollte.

Freuler sagte zu der jungen Frau: «Vielen Dank, das genügt

einstweilen, vielleicht wenn ich morgen oder übermorgen nochmals vorbeikommen könnte …?»

Vishanta nickte nur. Die Betreuerin war jetzt aufgestanden, und Freuler verstand das so, dass es jetzt wirklich genug sei. Er verabschiedete sich von der Tamilin. Die Betreuerin begleitete ihn noch bis zur Tür und sagte dann: «Sie muss wirklich Schreckliches erlebt haben. Durch diese Entführung müssen Geschichten von den Massakern in ihrer Heimat wieder hochgekommen sein. Ich denke, es ist besser, wenn wir sie erst mal einige Tage in Ruhe lassen.»

DREIZEHN

Schwarzenbach las es anderntags in der Zeitung, dass die Entführer das Mädchen freigelassen hatten, wusste aber gar nicht recht, was er davon halten sollte. Hatten sie das nun auf seine Bedrohung hin getan? Jedenfalls schien es den Entführern klüger gewesen zu sein, die Kleine, mit der nichts mehr zu erpressen war, gehen zu lassen, statt sich mit einem unnötigen Verbrechen länger zu belasten. Jedenfalls hatten sie irgendwie kalte Füsse bekommen. Mit dem grünen Peugeot hatten sie sich eines weiteren Druckmittels entledigt. Schwarzenbachs Trümpfe waren verpufft. Er stand vor seinem Schreibtisch und starrte auf das Tigerbild an der Wand, verfluchte den Maler desselben, der frühzeitig aus dem Geschäft ausgestiegen war und mit dem er keine Schuld mehr teilen konnte. Wäre das Bild nicht direkt auf die Wand gemalt gewesen, hätte er das Werk kurzerhand aus dem Fenster geschmissen. Wie immer, wenn er sich in eine ausweglose Situation hineinmanövriert hatte, schenkte er sich einen Jack Daniel's ein. Diesmal goss er nicht einmal Wasser dazu, sondern trank ihn pur. Es war nur eine Frage der Zeit, und die beiden Gangster würden versuchen, ihn wieder zu erpressen. Während ihm die vierzig Prozent Alkohol seines Jack Daniel's langsam in den Kopf stiegen und er dabei versuchte, sich etwas einfallen zu lassen, läutete das Telefon. Es war Freuler, der ihm mitteilte, dass die Entführungsgeschichte abgeschlossen sei und Carmen wieder wie gewohnt in ihre Privatschule gehen könne. Ob das nicht etwas allzu früh sei, fragte Schwarzenbach. Freuler war jedoch der Meinung, dass aus polizeilicher Sicht keinerlei Veranlassung mehr bestehe, das Mädchen länger in Wohnungsquarantäne zu belassen.

«Was war das für ein Auto, in dem das Mädchen ausgesetzt wurde?», fragte Schwarzenbach scheinheilig.

«Ihnen kann ich das ja sagen, obschon die Presse nichts davon weiss, der Wagen gehörte Reinhard Schürch.»

«Ich dachte, der sei tot?»

«Schürch ja, aber das Auto wurde anscheinend von anderen Leuten weiter benutzt.»

«Haben Sie schon Anhaltspunkte?»

«Bis jetzt nicht, aber wir werden den Wagen genauestens unter die Lupe nehmen. Das wär's. Ich denke, dass für Sie die Sache somit erledigt ist.»

Schwarzenbach bedankte sich, und das Gespräch war zu Ende. Schön wär's, dachte er, wenn die Sache für mich somit erledigt wäre. Er trank den Rest seines Whiskeys aus und ging aus dem Büro. Er musste sich entspannen. Eine bewährte Methode, dies zu erreichen, bestand darin, einen Rundgang durch den Fabrikationsbetrieb zu machen. Dazu eignete sich am besten die Auslieferung, es stank dort nicht so sehr wie in den Abfüllanlagen oder in den Räumen, wo Pigmente und Bindemittel zusammengemischt wurden. Also schritt er wieder einmal die vollen Gestelle ab. Diesmal gab es überhaupt nichts auszurichten. Alle Farbkessel waren schön in Reih und Glied aufeinandergeschichtet und die Etiketten sichtbar nach vorne gedreht. Im Gegensatz zu seinem Vater war er als Juniorchef nicht sehr kommunikativ. Er sprach höchstens mal mit einem der Meister, mit den gewöhnlichen Arbeitern sprach er kaum, sie erinnerten ihn zu sehr daran, dass auch er nicht einmal einen Berufsabschluss vorzuweisen hatte. Er ging zum hinteren Ausgang, wo über eine kleine Rampe mit einem Hubstapler die abgefüllten Gebinde in die Auslieferung gefahren wurden. Dort stand ein Lastwagen, wo Luigi und zwei andere Männer damit beschäftigt waren, leere Gebinde abzuladen und sie vor den Schuppen zu stellen. Obwohl Schwarzenbach genau wusste, was er hier vorfinden würde, stieg er über die Kessel und begab sich zum hinteren Teil des Lagerraumes; wie ein Kind, das immer wieder ein Geschenk, kaum dass es dieses erhalten, kaputt gemacht hatte und einfach nicht glauben konnte, dass dem wirklich so war. Dort sah er, dass Spadola eine Unterlage aus Holz gebaut hatte und die Gebinde somit nicht mehr in dieser überall hervorquellenden Brühe standen.

Dass dort bei diesen mit Lösungsmitteln gefüllten Fässern etwas nicht ganz in Ordnung war, hatte schon sein Vater gewusst und die Verdrängung des Problems an seinen Sohn sozusagen weitervererbt. Der erinnerte sich noch gut an den Moment, als beim Umbau die ganze Schweinerei ans Tageslicht gekommen war. Glücklicherweise, dachte er damals, waren nur Spadola und dieser andere Italiener dabei gewesen. Kurzfristig wurde dann beschlossen, die Tanks für die Papierlack-Produktion hundert Meter weiter südlich aufzustellen mit der Begründung: Die Rampe müsse dann nicht abgerissen werden und könne bei der Vergrösserung der Auslieferung der Zulieferung dienen. Was natürlich nie gemacht worden war. Über der Rampe wurde ganz einfach dieser Holzschuppen für die Leergebinde aufgestellt.

Schwarzenbach liess Spadola zu sich kommen. «Sagen Sie mal, wie hiess dieser Schwarzhaarige mit den Rückenproblemen, der damals beim Umbau noch bei dieser Baufirma gearbeitet hatte?»

«Sie meinen Snozzi?»

«Hiess der so?»

«Ja. Der arbeitet nicht mehr hier, den haben Sie doch damals …»

«Hiess der nicht Camozzi?»

«Nein, der ist noch hier.»

«Tatsächlich?»

«Sie waren sich sehr ähnlich, nicht nur vom Namen her.»

«Der eine ist Tessiner, der andere Italiener. Der mit den Rückenproblemen, Snozzi, das war der Tessiner.»

Schwarzenbach hatte sich damals, bei der letzten Rationalisierung, die Namen nicht richtig angeschaut. In der Euphorie der Gesundschrumpfung war diese Umweltgeschichte der allgemeinen Verdrängung anheimgefallen; jedenfalls hatte er den Falschen entlassen. Und zwar ausgerechnet den, den er eingestellt hatte, damit er den Mund hielt. Vielleicht wenn Schwarzenbach nicht ein solcher Feigling gewesen wäre, hätte er sich in diesem

Moment wahrscheinlich erschossen oder vergiftet. Eine Pistole besass er zwar, Gift wäre im Labor auch genügend vorhanden gewesen, aber sein Laster zog ihn nur in sein Büro zurück, wo er sich der Vergiftung in Raten hingab. Er schenkte sich noch einen Jack Daniel's ein. Etwas später liess er sich von Luigi nach Hause fahren. Auf dem ganzen Weg sprachen sie kein einziges Wort. Der Chef hatte sich nach hinten gesetzt, was er normalerweise nicht tat. Luigi roch aber die Whiskeyfahne auch vorne am Volant, und als er mal ganz diskret das Fenster ein wenig hinunterliess, schien Schwarzenbach zu ahnen, weshalb, und zündete sich eine Zigarre an, die alkoholischen Düfte etwas zu vernebeln, vor allem aber im Bewusstsein, dass er nächstens Gwendoline gegenübertreten würde.

Als er zu Hause ankam, spürte seine Frau sogleich, dass etwas nicht in Ordnung war und ihr Gatte zu viel getrunken hatte. «Fängst du wieder an mit Saufen?»

«Nein!», brüllte er, was auch irgendwie stimmte, denn er hatte eigentlich gar nie aufgehört damit. Die Verheimlichung seines Lasters war ihm bis anhin nur besser gelungen. War es, dass ihm das Wasser bis zum Hals stand, oder der Alkohol, der ihn dazu trieb, seiner Frau die ganze Wahrheit zu sagen. Jedenfalls, so offen hatte er schon lange nicht mehr mit seiner Gattin gesprochen. Dass es eine Umweltleiche im Schrank gab, wusste Gwendoline. Von seinen Zahlungen an die Erpresser hörte sie jedoch zum ersten Mal. Über ihre Kaltblütigkeit war er dann doch mehr als überrascht.

«Weshalb erpresst du diese Typen nicht deinerseits, wenn du doch die Autonummer kennst.»

«Hab ich ja getan, was glaubst du denn», sagte er unwirsch. Er wollte sich von seiner Frau nicht als Volldeppen hinstellen lassen.

«Und, haben sie nicht reagiert?»

«Das war nicht ihr Wagen.»

«Gestohlen?»

«Er gehörte diesem Koch, den sie kürzlich aus dem Rhein gefischt haben.»

«Wieso ausgerechnet dem?»
«Der war vielleicht mitbeteiligt.»
«Ach so. Und was willst du jetzt tun?»
«Frag mich was Besseres!»
«Und woher denkst du, wissen sie überhaupt von diesem Zeug hinterm Lagerschuppen?»
«Ich denke, von diesem Tessiner, den wir entlassen haben.» Dass er ausgerechnet den entlassen hatte, den er einst deshalb eingestellt hatte, damit er den Mund hielt, erzählte er natürlich seiner Frau nicht, zu grosse Angst hatte er vor ihrer Häme.
«Dann stell ihn doch einfach wieder ein!»
«Aber du kannst doch nicht ernsthaft vorschlagen, dass ich einen Deal mit mutmasslichen Mördern und Kidnappern eingehe?»
«Hast du ja schon getan. Wer A sagt, muss auch B sagen. Du willst ja sicher nicht, dass dieser Umweltskandal ans Tageslicht kommt.»
«Ich hab ja keine Ahnung, wo er jetzt wohnt.»
«Wie hiess er denn?»
«Camozzi … nein, Snozzi.»
«Davon wird es ja wohl nicht gerade Tausende geben hier. Weisst du wenigstens, wo er wohnt?»
«Kann ich in den Personalakten nachsehen. Aber es gibt noch andere, die vielleicht davon wissen.»
«Wenn sie etwas mit der Entführung zu tun hatten, hast du die doch in der Hand.»

***

Der grüne Peugeot stand vielleicht hundert Meter neben der Strasse, die von Riehen zur Wiese hinunterführte, in einem kleinen Waldstück. Die Spurensicherung war längst tätig gewesen, hatte Lenkrad, Armaturenbrett und Türgriffe nach Fingerabdrücken abgesucht. Fussspuren waren kaum zu sehen, denn das Auto stand inmitten von Brombeerstauden und Farn auf moosigem Boden, worauf kaum Profile zu erkennen waren.

Nach der Spurensuche hatten sie den Wagen vorläufig noch an Ort und Stelle stehen lassen, weil sich Freuler den Standort noch mit eigenen Augen ansehen wollte. Zusammen mit einem Mechaniker fuhr er nach Riehen, um den Wagen auch gleich zu beschlagnahmen. Als sie dort ankamen, sahen sie, dass jemand am Steuer sass. Es war ein Uniformierter, der zur Bewachung hiergeblieben war. Er schlief. Freuler klopfte leicht ans Fenster. Der Polizist erwachte, sah keine Uniform, öffnete die Tür und sagte barsch: «Was wollen Sie?»

«Den Wagen abholen, guten Tag, Freuler, Kripo Basel.»

«Entschuldigen Sie», sagte der Uniformierte, errötete leicht und stieg aus, «der Schlüssel steckt.»

Der Mechaniker setzte sich ans Steuer, drehte den Zündungsschlüssel. Der Motor sprang sofort an.

Als Freuler an diesem Abend nach Hause kam, war Renate schon wieder mit ihrem jungen Freund da. Aha, dachte Freuler, das scheint doch etwas Ernstes zu sein.

«Kurt wollte uns alle zu sich nach Hause zum Fondue einladen, aber es ist etwas eng bei ihm, da habe ich ihm vorgeschlagen, dass er hier kochen kann.»

«Finde ich eine gute Idee», sagte Freuler und küsste seine Tochter auf die Wangen.

«Und ich?», flehte die Gattin.

«Eine nach der anderen, wie sich das gehört», mahnte Freuler und küsste seine Frau auf den Mund. Der junge Mann war inzwischen in der Küche verschwunden, das Fondue zuzubereiten.

«Mama hat mir von seinen Berufswünschen erzählt. Musst du unbedingt auf diese Weise die Familientradition aufrechterhalten?»

«Ehrt es dich nicht?»

«So ein gefährlicher Beruf.»

«Jetzt auf einmal», entgegnete Anita, «mir hast du früher immer erklärt, Polizist zu sein sei nicht gefährlicher als Lastwagenfahrer.»

«Damals vielleicht, aber heutzutage …»

«Kurt will ja, soviel ich weiss, zur Pressestelle oder so was. Er arbeitet im Moment als Praktikant bei der Basler Zeitung.»

«Trotzdem ... übrigens, das entführte Mädchen wurde freigelassen.»

«Für wie viel?», fragte Anita.

«Für nichts.»

«Ohne Lösegeld?»

«Irgendwann müssen die Entführer realisiert haben, dass sie die Falsche entführt haben.»

«Und wie geht es ihr?»

«Das Mädchen ist mehr oder weniger wohlauf.»

«Eigenartig», wunderte sich Renate.

«Zum Glück für das Kind.»

«Renate, du passt zu einem Polizisten, auch ich finde es höchst eigenartig.»

«Eben, sag ich ja», sagte sie und zündete die Zündflüssigkeit im Rechaud an.

Aus der Küche kam der Duft von geschmolzenem Käse, der sich bald in der ganzen Wohnung ausbreitete. Und schon kam Kurt hinterher, in der einen Hand das volle Caquelon, in der anderen eine Kelle, mit der er in Achterschlaufen im heissen Käse rührte. Er stellte die Pfanne auf den Rechaud. Darauf spiessten alle mit ihren Gabeln ein Stück des vorgeschnittenen Brotes auf, um es in die geschmolzene Masse zu tauchen.

«Ausgezeichnet», lobte der Hausherr. Das war eine hohe Ehre, denn Fonduekochen war auch Freulers Leidenschaft.

Sie prosteten sich mit einem Weissen aus dem Elsass zu, und Kurt sagte: «Vielen Dank für das Kompliment, aber es ist fast das Einzige, was ich hinkriege.»

«Ist das bei dir nicht auch so, Papa?»

«Nein, ich bitte dich, ich kann auch noch anderes kochen.»

«Was denn?»

«Kutteln zum Beispiel.»

«Aber die isst dann niemand.»

«Ich schon», verteidigte Kurt dieses Gericht. «Ich mag Kutteln ganz gern, auf Zürcher Art.»

«Ausgerechnet», sagte Anita, «dann schlag ich vor, ihr ladet euch mal gegenseitig zu Kutteln ein», schloss Anita das Gespräch über Innereien ab. «Aber das Fondue schmeckt wirklich hervorragend», sagte sie noch.

«Danke», erwiderte Kurt.

«Wo haben Sie denn die Mischung her?»

«Hauptsache, es schmeckt», beendete Anita die Fragerei, und die nächsten paar Minuten waren alle damit beschäftigt, das Fondue zu geniessen.

«Ich habe gehört, Sie schreiben auch», unterbrach Freuler den Fondueschmaus.

«Ich mache bei der Baz ein Praktikum, manchmal darf ich auch schreiben: Unglücksfälle und Verbrechen.»

«Das ist doch Ihr Interessensgebiet.»

«Jede Woche darf ich noch eine kleine Geschichte schreiben in der Rubrik ‹An der Grenze›.»

«Da haben Sie es ja nicht weit.»

«Nein. Kürzlich beobachtete ich etwas, was ich sogleich zu einer Geschichte verarbeitet habe.»

«Schon ganz Polizeiberichterstatter, die machen aus allem gleich einen Roman.»

«Also ich bitte dich», sagte Anita.

«Ich sass also an meinem Schreibtisch und schaute hinüber, zum ‹Freiburgerhof›.»

«Versperrt nicht die Autobahnausfahrt die Sicht?»

«Eben. Jedenfalls sieht man unter der Autobahn zu einem zerfallenen Gebäude und einer Art Bahnwärterhäuschen. Dort, oben von der Brüstung der Autostrasse, die von Deutschland kommt, zog einer an einer Schnur einen Briefumschlag oder so was Ähnliches hoch. Den hatte jemand unten angehängt.»

«Die Geschichte war von Ihnen? Ich habe sie gelesen und gedacht, das sei alles erfunden.»

«Die Liebesgeschichte, die ich daraus gemacht habe, ja, aber diese Schnur mit dem Briefumschlag ist echt.»

«Wo, sagten Sie, ist dieses zerfallene Haus und das Bahnwärterhäuschen?»

«Die müssten sich eigentlich unmittelbar neben dem Parkplatz des Restaurants befinden. Es gibt da auch noch ein einzelnes Geleise, das vom Badischen Bahnhof kommt und im Niemandsland endet. Könnte das für Sie interessant sein?», fragte Kurt.

«Da kannst du sicher sein, dass er da was wittert», sagte Renate. Sie kannte ihren Vater. Wenn sich im Laufe eines ungezwungenen Gespräches seine Fragen auf einen Gegenstand konzentrierten, schien er etwas mit laufenden Ermittlungen in Verbindung zu bringen.

«Wann war das?», wollte Freuler wissen.

«Vor ein paar Tagen, so genau kann ich mich nicht erinnern … Denken Sie, dass diese Geschichte etwas mit Ihrem laufenden Fall zu tun haben könnte?»

«Kann ich mir nicht vorstellen, aber ich werde die Gegend nochmals etwas genauer unter die Lupe nehmen, vor allem diese Gebäude unter dem Autobahnzubringer.»

«Das ist ja spannend», sagte Kurt.

«Reine Routine.»

«Das kann ja heiter werden», sagte Anita, «wenn in Zukunft nicht nur einer, sondern sogar zwei …»

«Könnten wir nicht vielleicht wieder einmal von etwas anderem reden», unterbrach Renate die Mutter und errötete.

VIERZEHN

Im Kommissariat musste sich Freuler erst die Spötteleien von Hans Meierhans über den Freund seiner Tochter anhören, der zur Polizei möchte und «lustige Geschichten» schreibe. Das sei dann eben keine «Lehrer-Prosa», sondern «Bullen-Poesie».

«Spass beiseite, Vishanta hat von einer kleinen Hütte, in der sie gefangen gehalten wurde, von Autobahnlärm und nicht mehr befahrenen Bahnschienen gesprochen. Das könnte sich irgendwo hinter dem Restaurant ‹Freiburgerhof› befinden», insistierte Freuler.

«Möglich. Wenn du hinter dem Restaurant hochgehst zu den alten Geleisen, sind da noch zwei, drei Gebäude, die von Hausbesetzern bewohnt wurden, und ein Bahnwärterhäuschen. Roland hatte sich da einmal einen Gemüsegarten angelegt, war aber immer das ganze Gemüse geklaut worden.»

«Was hat denn der für Gemüse angepflanzt, welches zum Rauchen?»

«Fahren wir doch mal hin», schlug Meierhans vor.

«Wenn du schon mal so entschlossen bist.»

«Wer weiss, was uns da erwartet, sicher besser zu zweit.»

Sie fuhren also zum «Freiburgerhof», nahmen zur Sicherheit noch zwei Polizeibeamte mit, parkierten dort ihren Wagen und gingen zur besagten Stelle hoch. Sie kamen erst zu einer Stelle, wo Hobbygärtner einst ihr Gemüse angepflanzt hatten und jetzt nur noch Unkraut wuchs.

«Siehst du dort das Bahnwärterhäuschen?»

«Ja, seh ich. Steigt da nicht Rauch aus dem Kamin?», stellte Freuler fest.

«Scheint jemand da zu sein», sagte Meierhans.

«Vielleicht Paul und Rüdiger, die Namen hab ich von diesem Jochen, der Dritte heisst Snozzi aus dem Maggiatal. Wir versuchen's mal, spielen Francesco Snozzi, vielleicht gelingt's.»

Sie schlichen über Schienen, Geröll und Unkraut zum Bahnwärterhäuschen. Meierhans stolperte. «Verdammte Scheisse!»

Freuler machte eine schnelle Bewegung mit der Hand, die bedeuten sollte, endlich ruhig zu sein. Obwohl, der Autobahnlärm war jetzt noch lauter.

«Soll ich?», flüsterte Meierhans.

«Ja», sagte Freuler und nickte.

Meierhans polterte an die Tür. Von innen kam eine Stimme: «Wer ist da?»

«Ich, Francesco», sagte Freuler.

«Francesco?», kam es von innen.

«Snozzi. Seid ihr das, Paul und Rüdiger? Es gibt da noch was zu verteilen.»

«Snozzi, von wo?»

Das sollte wohl eine Art Code sein.

«Aus Menzonio.»

Die Tür wurde einen Spalt geöffnet. In diesem Moment drückte Meierhans mit aller Gewalt dagegen, Freuler stürzte hinein und schrie mit der Pistole in der Hand: «Hände hoch. Stellen Sie sich an die Wand. Sie sind verhaftet, wegen Verdachts auf Kindsentführung, Erpressung und allenfalls sogar Mord.»

«Hände auf den Rücken. Kein unnötiges Gezappel. Es ist eh vorbei!»

«Mit Mord haben wir nichts zu tun. Das war Schürch, der hat ja seine Strafe schon», erklärte der eine verzweifelt.

«Was soll denn das heissen?», fragte Freuler.

«Bei dieser Schlägerei am Hafenbecken sind beide praktisch gleichzeitig ins Wasser gefallen. Schürch konnte ja nicht schwimmen», sagte der andere.

«Und der Tamile?»

«Wir wollten damit nichts zu tun haben.»

«Und da seid ihr einfach abgehauen? Aber als Trittbrettfahrer zur vereitelten Kindsentführung aufzuspringen, hattet ihr keine Hemmungen», sagte Freuler.

«Abführen», drängte Meierhans die zwei Polizeibeamten.

Freuler und Meierhans schauten sich dieses Gebäude noch etwas genauer an. Die Matratze, auf der Vishanta die Tage ihrer Geiselhaft verbracht hatte, lag im hinteren Teil. Ihre Beschreibung war absolut korrekt, der Raum war kaum grösser als die Matratze. Auch das Fenster war genau so, wie es Vishanta beschrieben hatte, vielleicht dreissig mal dreissig Zentimeter, mit Blick auf herbstliches Gestrüpp und auf mit Gras überwachsene Eisenbahnschienen. Die Entführer hatten vermutlich im Raum neben dem Eingang gehaust. Dortdrin befand sich, ausser zwei Feldbetten und einigem Gerümpel, nichts mehr, was auf einen längeren Aufenthalt von zwei Menschen hingewiesen hätte. Einzig ein alter Ölofen stand in einer Ecke und stank, wie Ölöfen eben zu stinken pflegen. Das Kaminrohr führte durch eine Wand und durchquerte das Zimmer, worin das Mädchen die ganze Zeit gehaust hatte, um dort durch die Aussenwand ins Freie zu gelangen. Vishanta hatte also nicht frieren müssen. Im oberen Teil des Gebäudes hatte es Apparaturen und Installationen, die von Vandalen völlig zerstört waren und darauf hinwiesen, dass dieses Häuschen früher mal eine nützliche Einrichtung zur Regelung des Schienenverkehrs gewesen war. Weitere Ermittlungen waren nach Freulers Ansicht kaum mehr notwendig. Das vordere grössere Gebäude, von dem auch Renates Freund gesprochen hatte, wurde von einem Baugeschäft als Lagerraum benutzt. Freuler spähte durch ein Fenster und sah Pflastersteine, Ziegel, Zementsäcke, Schalbretter und ähnliches Material. Die ganze Umgebung war Brachland, einzig einige Parzellen wurden als Schrebergärten genutzt und waren eingezäunt.

***

Anderntags fuhr Freuler nochmals zur Grenze ins Asylbewerberheim. Vishanta schlafe gerade, sagte die Sozialarbeiterin. In der Nacht sei sie zwei-, dreimal schreiend aufgewacht und habe nach ihrem Onkel geschrien. In der Früh habe sie sich kaum erholt und immer geweint. Sie hätten ihr etwas zur Beruhigung gegeben, daraufhin sei sie eingeschlafen. Es sei nicht allzu dringend, sagte Freuler, er habe in der Nähe zu tun gehabt, deshalb sei er schnell vorbeigekommen. Beim nächsten Mal werde er vorher anrufen.

Er fuhr bis zum WC-Häuschen bei der Langen Erlen. Dort standen, trotz Regens, einige Asylbewerber unter den Bäumen. Zwei telefonierten, zwei hatten eine laute Auseinandersetzung und ein fünfter war eben daran, an einen Baum zu pinkeln. Die beiden mit den Handys hatten einen weissen Schirm aufgespannt, mit der Aufschrift «Helvetas». Man hatte fast den Eindruck, dass sie miteinander telefonierten. Freuler konnte ein stilles Lachen nicht unterdrücken. Trotz Harndrang hatte er aber keine Lust, dieses stinkige Pissoir aufzusuchen, deshalb suchte er sich eine stämmige Eiche aus und begann, seine Blase zu entleeren. Der eine Farbige unter dem Regenschirm hatte ihn beobachtet und grinste. Vielleicht dachte er, weshalb kann dieser zivilisierte westeuropäische Bulle nicht das Klo benützen. Dass er Polizist war, hatte sich schon längst herumgesprochen. Er knöpfte seine Hosen zu, ging zum Wagen, wo er seinen Dienstschirm herausnahm, aufspannte und zwischen den Eichen, Buchen, Hagebuchen, Eschen und Ahorn, die da friedlich nebeneinanderstanden – wo waren eigentlich die Erlen?, dachte er –, dem Akazienweg entlangschlenderte.

Dass Einheimische, die nicht auf Rosen gebettet waren, Argwohn gegenüber Menschen entwickelten, die offenbar den ganzen Tag nur herumstanden, war bis zu einem gewissen Grad verständlich. Für uns Westeuropäer, dachte Freuler, galt jemand, der nicht tagaus, tagein damit beschäftigt war, etwas herzustellen, zu verkaufen, den Acker zu bestellen, Vorräte zu äufnen, ans Alter zu denken, den Wagen zu waschen, den Rasen zu mähen, in die Ferien zu fahren, zurückzukommen, um dieselben Tätigkeiten wieder aufzunehmen, als Taugenichts. Höchstens Künstler konnten sich erlauben, etwas anders zu sein, einen anderen Lebensrhythmus zu haben, den sie bei entsprechendem Erfolg meist den Durchschnittsbürgern anpassten. Und da standen jetzt auf einmal Hunderte, ja Tausende von farbigen Menschen auf Strassen und Plätzen, Trottoirs und

Bahnhöfen herum. Benutzten die dank unserer fleissigen Arbeit und ehrlichem Steuernzahlen errichteten Infrastrukturen, wie geteerte und gepflasterte Strassen, öffentliche Verkehrsmittel, Bedürfnisanstalten und Wohnungen, die zum Teil extra für sie errichtet worden waren, trugen unsere Jeans, nicht etwa getragene, sondern diese künstlich gewaschenen Stonewashed-Modelle oder Adidas-Trainerhosen, rauchten Camel oder Marlboro, telefonierten mit Handys weiss wo in der Welt herum – vielleicht mit der kolumbianischen Drogenmafia – und schielten, das Mass noch vollzumachen, nach Schweizer Mädchen und Frauen.

So oder ähnlich, dachte Freuler, musste das Weltbild der Leute um Schürch etwa gewesen sein oder sah es für seine Anhänger immer noch aus. Fanden diese farbigen Menschen gar eine Beschäftigung, eine, der zwar ein Inländer, also ein Schweizer, niemals nachgegangen wäre, schlug die Irritation und das Unbehagen bald einmal in Ressentiments oder pure Aggression um. Denn wenn die in ihrer Heimat immer pünktlich zur Arbeit gegangen wären, gespart hätten – sparst du in der Zeit, hast du in der Not –, den Acker bestellt, fürs Alter vorgesorgt und so weiter, vor allem aber auch verantwortungsbewusst eine anständige Demokratie aufgebaut, Machthaber, Fürsten, korrupte Beamte vertrieben – wie die Schweizer weiland den Gessler –, hätten sie nicht diese zermürbenden Stammesfehden oder Territorial- und Autonomiekämpfe und andere Scharmützel, sondern könnten wie wir, die wirklich echt Verfolgten, falls es die dann überhaupt noch geben würde, aufnehmen. Es gäbe dann vielleicht nur noch Betroffene von Umweltkatastrophen wie Waldbrände, Überschwemmungen, Häusereinstürze, Erdbeben und Ähnliches. Das Perfide an solch rechtem Weltbild war, dass sogar etwas Wahres daran war, aber reinstes Vernunftdenken darstellte und somit schon fast etwas Zynisches an sich hatte. Ausgestattet mit diesem ideologischen Rüstzeug, und bei entsprechender Veranlagung, waren zur Gewaltanwendung keine grossen Hemmschwellen mehr zu überwinden.

Als Freuler beim Tierpark anlangte, regnete es schon in Strömen. Ein richtiger Novembersturm fegte durch die Gegend. Freuler ging ins Restaurant, das jetzt im November bei solchem Wetter selbst über Mittag nur spärlich besetzt war. Für die schönen Wochenenden, wenn jeweils der Besucherandrang, vor allem von Familien mit Kindern, hier immens war, gab es noch ein Selbstbedienungs-Restaurant, das aber erst im Frühling wieder öffnete. Freuler schaute sich die Speisekarte an und bestellte sich das Menü eins: Hackbraten mit Spätzle und Salat. Die Kellnerin wiederholte es im schönsten Elsässer Dialekt. Freuler erinnerte sich, wann er das letzte Mal hier drin gewesen war. Das musste um die Fastnachtszeit gewesen sein, denn damals war alles mit Tüchern bespannt, und überall waren Fastnachtsmasken aufgehängt gewesen. Jetzt war alles kahl, die Einrichtung schlicht. Einzig die Lampen waren, wie meist in Gasthäusern, von schmückender Scheusslichkeit. Es scheint fast eine Manie bei Restaurant-Innenausstattern zu sein, ein geschmacklich noch ganz passables Interieur mit möglichst hässlichen und unpassenden Lampenschirmen auszustatten. Freuler schaute einfach nicht mehr hin, sondern auf seinen Hackbraten, der inzwischen gebracht worden war. Er schmeckte ganz gut.

Bei der Autobahn, die von Deutschland nach Basel hineinführt, hatte Kurt diesen Briefumschlag an einer Schnur beobachtet. Jedenfalls, dachte Freuler, muss ich mir diesen Ort einmal genauer anschauen. Er zahlte, ging zum Ausgang und wollte seinen Schirm aus dem Schirmständer nehmen, der war aber nicht mehr da. Da waren wohl einige ähnliche wie der seine, nebst vielen Damenschirmen, aber der Dienstschirm war weg. Es regnete immer noch in Strömen. Einen anderen Schirm zu nehmen, kam für ihn nicht in Frage, aber wenn er ohne bis zur Bushaltestelle liefe, würde er völlig durchnässt werden. Er ging also nochmals zurück ins Restaurant, um ein Taxi zu bestellen. Gegenüber war eine Art gedeckter Freiluftbühne. Freuler spurtete dorthin, um hier das Taxi gleich abfangen zu können. Die Platanen bogen sich im Wind, und gegenüber in einem der Gehege des Tierparks stand wiederkäuend ein Hirsch mitten im strömenden Regen und machte keinerlei Anstalten, sich wie seine anderen Artgenossen in einen Unterstand zurückzuziehen.

Freuler wollte sich eben eine Zigarette anzünden, als das Taxi angefahren kam. Er rannte durch den Regen zum Auto, stieg ein und wollte seinen Bestimmungsort bekannt geben, als ihm einfiel, dass ja sein Dienstwagen auf dem Parkplatz auf der anderen Seite des Parkes stand. Den hatte er völlig vergessen. «Das darf ja nicht wahr sein», sagte er.

«Wohin wollen Sie?», fragte der Fahrer nochmals.

«Ich muss schnell überlegen, ich habe ganz vergessen, dass ich ja den Wagen bei mir habe.»

«Sie haben einen Wagen bei sich? Weshalb rufen Sie dann ein Taxi? Haben Sie zu viel getrunken?»

«Nein, überhaupt nicht. Ich hab es einfach vergessen. Aber warten Sie … fahren Sie zur Kreuzung und dann auf die Autobahn Richtung Deutschland.»

«Ihren Wagen wollen Sie einfach stehen lassen?»

«Den lassen wir hier. Sie fahren mich einfach nachher wieder hierher zurück.»

«Wie Sie meinen», sagte der Chauffeur und zuckte verständnislos mit den Schultern. «Hier geht es aber über die Grenze, das wissen Sie?»

«Sicher weiss ich das, Sie können nach dem Grenzübergang die Autobahn verlassen, wenden und sich bei der nächsten Auffahrt wieder Richtung Basel einordnen.»

«Das scheint ja eine beliebte Rundreise zu sein», spottete der Fahrer.

«Wie kommen Sie denn darauf?»

«Sie sind sicher schon der Dritte, der diesen komischen Ausflug macht.»

«Schon der Dritte? Interessant, wer war denn das, der dieselbe Strecke fahren wollte?»

«So genau hab ich nicht hingeschaut, so junge Typen halt, also zweimal ganz sicher.»

«Wann war das?»

«Irgendwann letzte Woche, aber was geht Sie das eigentlich an?», sagte der Fahrer und warf einen misstrauischen Blick nach hinten.

Freuler hielt ihm seine Dienstmarke unter die Nase. «Wie sah der Mann aus?», wollte er wissen.

«Wieso sagen Sie das nicht gleich, dass Sie von der Polizei sind … tja, wie sah der aus? Dunkelhaarig, vielleicht vierzigjährig, so genau hab ich den auch nicht angeschaut, stellen Sie sich vor, wie viele Fahrgäste ich seit letzter Woche gehabt habe.»

Sie passierten die Grenze. Der Beamte, der dort Dienst tat, winkte nur lässig und gelangweilt mit der Rechten. Dasselbe auf dem Rückweg auf der Gegenfahrbahn. Als sie sich der Stelle näherten, bei der Freuler den vermeintlichen Übergabeort vermutete, bat er den Chauffeur, ganz rechts zu fahren und anzuhalten.

«Ich kann hier nicht anhalten, es gibt keinen richtigen Pannenstreifen.»

«Ich übernehme die Verantwortung», sagte Freuler.

«Wie Sie meinen.» Er hielt an. «Genau hier stand letzte Woche auch ein Wagen.»

«Können Sie sich an die Automarke erinnern?»

«Ein Peugeot, grün oder blau, genau weiss ich das nicht mehr. Übrigens, ich erinnere mich, der Fahrgast letzte Woche hat sich auch sehr für diesen Wagen interessiert.»

«Ach so, das ist ja spannend. Sie können sich wirklich nicht genauer an ihn erinnern?»

«Nein, Genaueres weiss ich nicht.»

«Ich möchte auf jeden Fall, dass Sie mir Ihren Namen und Ihre Telefonnummer geben. Ich gebe Ihnen meine Karte, falls Ihnen noch was einfällt, rufen Sie mich bitte an.»

«Mach ich selbstverständlich.»

Freuler bat den Taxichauffeur, ihn beim Parkplatz, wo der Dienstwagen stand, abzusetzen. Dort tauschten Sie noch ihre Visitenkarten aus und verabschiedeten sich.

Es musste sich also noch jemand brennend für diese Couvertübergabe interessieren, dachte Freuler, als er mit dem Auto zum Kommissariat zurückfuhr. Vielleicht sollte er die Erpressungsgeschichte fürs Erste vergessen und sich ganz auf die beiden Toten konzentrieren. Wenn man davon ausging, dass Schürch und Thamby irgendwo in der Nähe des Hafenbeckens 1 oder 2 eine tätliche Auseinandersetzung wegen Pia gehabt hatten, war immer noch nicht klar, wer wen umgebracht hatte, und vor allem, wer wen zuerst. Schürchs Leiche wurde zwar als Erste gefunden und Thamby als Zweite. Das beweist aber noch lange nicht, dass Thamby am Tod Schürchs schuld war. Vielleicht hatte Schürch erst den Tamilen so übel zugerichtet, war dann irgendwie ausgerutscht und ins Wasser gefallen. Thamby, der schwer verletzt war, konnte ihn nicht mehr retten, selbst wenn er gewollt hätte. Schürch, des Schwimmens unfähig, ertrank, und Thamby schleppte sich bis zum Hafen 2, wo man ihn erst nach drei Tagen fand. Wieso er unten am Wasser auf der Treppe gelegen hatte, war unklar. Die andere Möglichkeit, wie es sich zugetragen haben könnte, wäre: Bei der Auseinandersetzung hatte Schürch Thamby nicht verletzt, jedoch Thamby hatte ihn ins Wasser gestossen, ist dann geflüchtet, wusste aber nicht, wohin. War im Hafenviertel umhergeirrt und dort zufälligerweise zum Versteck Vishantas gestossen, wo er unter irgendwelchen Umständen von den Entführern umgebracht worden war. Er verwarf diese Theorie aber gleich wieder, denn davon müsste Vishanta etwas mitbekommen haben.

Als Freuler die Dreirosenbrücke überquerte, dachte er, das sei die Gelegenheit, endlich mal nach Allschwil zu fahren, um sich nach Getränkehandlungen und diesem Francesco Snozzi umzusehen.

In Allschwil konnte Freuler sich des Eindrucks nicht erwehren, schon beinah im Elsass zu sein. Niedliche, putzige Riegelbauten säumten die Strasse. Gebäude derselben Bauweise würden in Frankreich wohl kaum besonders hervorstechen, weil sie dort nicht auf so auffallend rustikale Art aufgemotzt waren. Freuler parkierte seinen Wagen neben der Endstation des 6er-Trams. Gegenüber befand sich eine Bäckerei, dort wollte Freuler nachfragen, wo es hier eine Getränkehandlung gebe, und sich bei der Gelegenheit auch eine süsse Kleinigkeit kaufen. Die Verkäuferin, wohl die Besitzerin, war damit beschäftigt, einer Kundin mit glänzender Konfektzange eine farbige Schachtel mit Pralinen aufzufüllen und als Geschenk zu verpacken. Diese sagte zu Freuler: «Haben Sie's eilig?»

«Nein, machen Sie nur.» Freuler nutzte die Zeit, um sich im Laden umzusehen. Es sah sehr reinlich und niedlich aus. Eine Unmenge von Süssigkeiten auf alle nur möglichen Arten verpackt, mit farbigen Papieren, Cellophan, Bändel und Rüschchen waren auf Gestellen, Ablagen, Tischen und im Schaufenster platziert. Hunderte verschiedener Pralinen aus schwarzer, brauner und weisser Schokolade lagen in Reih und Glied auf silbernen flachen Schalen hinter Glas zum Verkauf bereit. Die Verkäuferin band jetzt noch ein goldenes Bändelchen um die Pralinenschachtel. Die Kundin zahlte und ging. Freuler liess sich auch eine kleine Schachtel mit Pralinen auffüllen, die er seiner Frau bringen wollte, nahm für sich einen Berliner und erkundigte sich bei der Besitzerin nach einer Getränkehandlung. Eine eigentliche Getränkehandlung gäbe es hier ihres Wissens nicht, aber hundert Meter von hier an der gleichen Häuserzeile sei eine Molkerei und die Landwirtschaftliche Genossenschaft, die beide Getränke auch in Harassen verkaufen würden. Freuler bedankte sich, nahm die Pralinen und ging, den Berliner vor sich hin mampfend, der Häuserzeile entlang in die Richtung, wie ihm gesagt worden war. Nach der Molkerei führte ein Durchgang zur Landi im Innenhof, vor dem viele leere Getränkekisten standen. Auch hinter der Molkerei stapelten sich die Harasse. Hier könnte dieser Francesco gewohnt haben, aber wo? Erst wollte er einen Angestellten der Landi fragen, entschied sich dann aber für einen älteren Herrn mit weisser Schürze, der hinter der Molkerei damit beschäftigt war, Käse und andere Milchprodukte aus einem Lieferwagen auszuladen.

«Entschuldigen Sie, dass ich Sie bei der Arbeit störe», sagte Freuler vorsichtig, «gibt es hier Wohnungen mit Fenstern in den Innenhof?»

«Suchen Sie eine Wohnung?», fragte der ältere Mann.

«Nein, aber ich suche einen Mann mit Namen Snozzi, der hier wohnt oder gewohnt hat.»

«Drüben in diesem Haus haben lange Zeit Italiener gewohnt», sagte der Ladeninhaber und deutete auf ein anscheinend frisch renoviertes Fachwerkhaus, «ob die immer noch da wohnen, weiss ich nicht.»

«Kannten Sie diese Leute?»

«Kennen wäre übertrieben. Sie kamen manchmal in den Laden. Meist eine Frau. Sie war wahrscheinlich die Mutter von den zwei Kindern, die manchmal auch allein einkauften, und ein Mann, der kam immer allein.»

«Wie sah der aus?»

«Mittelgross, dunkle Haare, vielleicht vierzig.»

Soweit Freuler das Foto in Erinnerung hatte, könnte diese Beschreibung auf Snozzi zutreffen. «An Namen können Sie sich nicht erinnern?»

«Nein. Einige sind weggezogen. Es scheint, dass andere Leute hier wohnen. Lesen Sie doch die Hausnummer ab und fragen Sie auf der Gemeindeverwaltung nach.»

Dazu war es aber jetzt zu spät, und morgen war Samstag. Er dachte, das könne er montags auch telefonisch erledigen.

Er fuhr zurück ins Kommissariat. Dort kam ihm im Flur Meierhans entgegen. Bleich war der und in Eile.

«Sag mal, bist du gestresst?»

«Ja», entgegnete Meierhans betont unwirsch.

«Keine Zeit für Kaffee?»

«Ich komme gleich.»

«Ach so ist das, dann kann es ja nicht so schlimm sein.»

«Ha, ha», frotzelte Meierhans hinter Freuler her, der in sein Büro ging, die Balkontür öffnete und eine Zigarette anzündete. Genüsslich inhalierte er den Rauch in die Lunge und ärgerte sich gleichzeitig darüber, dass er momentan wieder fast vollständig diesem Laster verfallen war. Er hatte seinen Glimmstängel noch nicht einmal fertig geraucht, kam Meierhans in sein Büro und warf sich betont erschöpft in einen der Sessel.

«Sag mir doch bitte, was du für ein Problem hast», sagte Freuler, der die Verfassung seines Kollegen aus Erfahrung interpretieren konnte.

«Roland hat geplaudert.»

«Dein Knastbruder und Informant?»

«Ja, scheinbar hat es einer von uns manchmal mit Käuflichen getrieben, sie unter Druck gesetzt und dann …»

«Wie denn?»

«Während er am Bumsen war, haben sie ihm die Hosen geklaut und die Knöpfe abgeschnitten.»

«Mit was hat er sie denn unter Druck gesetzt?»

«Die hatten keine Aufenthaltsbewilligung. Zudem wurde einer unserer V-Männer entlarvt. Das hat unsere Arbeit um Monate zurückgeworfen.»

«Und der ohne Hosen?»

«Peinlich, es war die Uniformhose.»

«… Moment mal, wo hab ich denn den Knopf?»

«Welchen Knopf?»

«Ich habe einen Knopf gefunden, dort, wo Thamby lag … den hab ich vollkommen vergessen.» Freuler wühlte in den Taschen der Hose, seiner Jacke, öffnete alle Schubladen, suchte auf dem Schreibtisch und fand nichts.

«Was hat das für eine Bewandtnis, dieser Knopf?»

«Es war ein Jeansknopf.»

«Ach so, ich dachte schon, du siehst Parallelen.»

«Um Himmels willen, nein! Nicht noch mehr komplizieren.»

«Ich mein ja nur.»

«Ich muss sofort in die Asservatenkammer zur Spurensicherung.»

«Und ich dachte, ich kann mich hier in deiner Aura etwas entspannen.»

«Entschuldige, ich muss dringend etwas wissen, ich bin gleich zurück.» Er ging die Treppen hoch zum zweiten Stock.

In dem Raum, wo die vielen Dinge gelagert wurden, die auf Spuren untersucht werden mussten, befand sich niemand. Aggregate, die aussahen wie Mikrowellenherde, worin Gegenstände, auf denen Spuren nur schlecht identifizierbar waren und mit Chemikalien oder extremen Temperaturen bearbeitet wurden, summten gespenstisch vor sich hin. In Schränken mit Glastüren harrten alle nur erdenklichen Gegenstände der Identifikation. Nebst Uhren, Schmuckstücken, Brieftaschen, Tassen und Türgriffen auch Gläser mit abgeschnittenen Fingern in konservierender Flüssigkeit. Bei Toten war es eben einfacher, das zur Identifikation benötigte Körperteil zu amputieren, anstatt die ganze Leiche für Fingerabdrücke ins Polizeilabor zu schleppen. Neben dem Fotostudio, wo Puppen vor weissem Hintergrund herumstanden, bekleidet mit den Klamotten eines Mordopfers, um Tathergang wie Distanzen und Schusswinkel zu simulieren, war ein kleiner Raum, worin die Kleider der Opfer laufender Fälle aufbewahrt wurden.

An Schürchs Hose fehlte tatsächlich ein Knopf, und zwar der oberste. Der musste nur noch gefunden werden. Den Knopf, den er damals, beim Hafenbecken 2, neben Thambys Leiche fand, hatte er einfach eingesteckt und vergessen. Er ging zurück in sein Büro, wo immer noch Hans Meierhans vor zwei Kaffees sass.

«Als dein guter Kollege habe ich dir auch einen Kaffee gebracht.»

«Danke, aber ich muss gleich weg, ein Beweisstück suchen.»

«Wohin?»

«Nach Hause.»

«Nach Hause?», fragte Meierhans, «seit wann suchst du bei dir zu Hause nach Beweisstücken?»

Aber er erhielt keine Antwort mehr, Freuler hatte seinen Mantel, den er beim Hereinkommen auf einen Stuhl geworfen hatte, wieder genommen und eilte, während er in die Ärmel hineinschlüpfte, zum Ausgang.

Draussen vor dem Kommissariat nieselte es wieder einmal. Freuler ging quer über die Tramschienen zur Heuwaage, hatte dann aber keine Lust, das ganze komplizierte Fussgängerstreifen-System zu benützen und steuerte zur Unterführung, die unter dem Platz zur Steinenvorstadt führte. Diesen Weg nahm er eigentlich nie, weil er von einer derartigen Hässlichkeit war, dass er normalerweise doch lieber drei-, viermal eine Strasse überquerte, als sich in diese städtebauliche Scheusslichkeit hinabzubegeben. Man ging unter einem Brückenbogen aus rosafarbenen Steinquadern, der eigentlich noch ganz hübsch anzusehen war. Dem schloss sich eine banale Unterführung aus Beton neueren Datums an, deren Wände mit mehr oder weniger kunstvollen Graffitis bemalt waren. Unter diesem Brückenbogen waren Schaukästen aufgestellt, von denen die Hälfte leer war, weil diese kaum jemand mieten wollte, um dort seine Produkte zu präsentieren. An einer Stelle des Brückenbogens steht wie eingeklemmt eine Imbissbude mit kleiner Bar, wo Arbeitslose ihre Biere kippten. Freuler wollte erst der Steinenvorstadt entlanggehen, ging dann aber zum Kohlenberg hoch.

Zu Hause war niemand, was ihn verwunderte. Anita war wahrscheinlich einkaufen gegangen. Freuler versuchte sich zu erinnern, was er damals, als er den Knopf gefunden hatte, getragen und wo er ihn wohl hingesteckt haben könnte, es fiel ihm aber beim besten Willen nicht mehr ein. Er ging ins Schlafzimmer, öffnete den Kleiderschrank und begann, alle Taschen seiner Hosen und Jacken zu durchsuchen, in der Hoffnung, diesen Knopf wiederzufinden. Er war so vertieft in seine Beschäftigung, dass er nicht hörte, als seine Frau nach Hause kam und ins Zimmer trat.

«Sag mal, was suchst du da?»

Freulers Hand schnellte als Erstes in die Gegend, wo er manchmal seine Pistole trug. «Hast du mich jetzt erschreckt, ich hab dich gar nicht gehört.»

«Will gleich seine Pistole ziehen.»

«Quatsch, das ist nur so ein Reflex.»

«In der eigenen Wohnung. Aber sag mal, was suchst du?»

«Ein wichtiges Beweisstück, einen Knopf.»

«Und du denkst, ich hänge deine getragenen Kleider, einfach so, ohne die Taschen zu leeren, in den Schrank.»

«Ja, nein, ich ...»

Während Freuler um eine vernünftige Antwort rang, hatte Anita eine Lade an der antiken Kommode aufgezogen, eine Dose mit Deckel herausgenommen, geöffnet, das offene Behältnis Freuler unter die Nase gehalten und kurz und trocken gesagt: «Den?»

Die Dose war bis zuoberst gefüllt mit Knöpfen in allen Grössen, Farben und Materialien. In der Mitte trohnte als letzter, der in dieser Sammlung Platz gefunden hatte, der Hosenknopf von Schürchs Beinkleid.

«Wo hast du den her?», fragte Anita, mit gespieltem Misstrauen.

Auf das Freuler sogleich einstieg und erwiderte: «Den hat sie verloren, als wir letztes Mal zusammen im Rheinhafen bei Mondschein auf jener Bank zwischen den beiden Hafenbecken sassen.»

«Ausgerechnet auf dieser Bank, wo wir vor Jahren ...?»

«Mir fällt eben nichts Neues ein.»

«Blödian ... ist das ein Knopf einer deiner Leichen?»

«Meine Leichen, find ich nicht schlecht gesagt. Vom Koch höchstwahrscheinlich.»

Wenn dem so war, und Freuler war davon überzeugt, obwohl er den Knopf noch nicht mit den noch vorhandenen an Schürchs Hosen verglichen hatte, schien die Reihenfolge der beiden Tötungsdelikte wieder in Frage gestellt. Wie kam der Knopf zu der Stelle, wo man Thambys Leiche gefunden hatte. Vermutlich hatte eben doch Schürch zuerst Thamby getötet, ihn zum Hafenbecken 2 geschleppt und die Treppe hinuntergestossen. Bei der Gelegenheit war wahrscheinlich der Knopf gerissen. Aber wer hatte Schürch ...?

Vielleicht war bei seinem Tod gar keine Gewalt im Spiel gewesen. Es könnte auch ein Unfall gewesen sein. Vielleicht auf dem Rückweg vom Hafen, ein Geländer gab es nicht, und der Koch konnte nicht schwimmen. Es war auch gar nicht mehr so wichtig, dachte Freuler. Wie auch immer, beide, Opfer und Täter, waren tot. Er war froh, als ihn die Stimme seiner Frau, die inzwischen das Nachtessen angerichtet hatte, zu Tisch rief und seinem Gedankenfluss ein Ende setzte.

***

Luigi bog vom Spalenring in die Ahornstrasse, welche erst zur Allschwilerstrasse und dann zur Baslerstrasse wurde, um nach Allschwil zu gelangen. Schwarzenbach hatte ihn gegen Abend beauftragt, Francesco Snozzi ausfindig zu machen. Er parkierte den Wagen in der Nähe der Kirche. Er erinnerte sich gut an Francesco, der damals, als er erfahren hatte, dass er im Zuge der Rationalisierung entlassen würde, sich gegenüber ihm und auch anderen Angestellten mit Drohungen gegen Schwarzenbach nicht zurückgehalten hatte. Luigi war nicht mehr wohl in seiner Haut, als er an der Tram-Endstation vorbei zur Molkerei ging, hinter der, wie er sich sehr wohl noch erinnerte, Francesco gewohnt hatte. Die Haustür neben der Landi war nur angelehnt. Aber weder draussen bei den Klingeln noch drinnen an den Briefkästen konnte Luigi den Namen Snozzi finden. Vielleicht wohnte der gar nicht mehr hier. Er wollte sich eben von den Briefkästen abwenden, um wieder wegzugehen, als ihm Snozzi durch die Haustür entgegenkam. Er sah noch genauso aus wie damals, als er noch bei Schwarzenbach gearbeitet hatte. Seine dunklen Haare hatten sich etwas gelichtet, und sein Gesicht schien noch etwas spitzer geworden zu sein als vor Jahren. Snozzi war immer noch der kleine magere Tessiner. Er schaute erst Luigi verwundert an und fragte: «Was suchst du hier?»

Luigi wusste erst wirklich nicht, was er ihm antworten sollte, und stellte stattdessen die Gegenfrage: «Wohnst du denn immer noch da?»

«Nein, ich wollte nur … ich habe noch ein paar Sachen hier.»

«Ach so», Luigi wusste im Moment nicht, ob er gleich mit seinem Anliegen herausrücken sollte.

«Willst du zu mir?»

«Ja, der Chef will was von dir.»

«Wir sollten vielleicht reingehen», sagte Snozzi, und zusammen gingen sie die Treppen hoch zum zweiten Stock. Francesco öffnete eine Wohnungstür. Dahinter war eine kleine Küche, in der ausser einem Tisch mit drei Hockern die üblichen Küchengeräte und ein Geschirrschrank standen. Neben dem Schrank war eine kleine Tür, die aussah wie eine Art Tapetentür. Sie stand offen. Francesco fluchte etwas vor sich hin, schaute Luigi an und wollte erst diese Tür schliessen, tat es aber nicht, sondern sagte: «Setz dich doch.»

Luigi setzte sich auf einen der Hocker, und es dämmerte ihm langsam, was da gespielt wurde. Snozzi war ja auch ein Mitwisser dieser Farbbrühe, und wie sich herumgesprochen hatte, war er deshalb eingestellt worden, damit er den Mund hielt. Wieso ihn der Chef damals wieder entlassen hatte, verstand er nicht. Aber er konnte sich jetzt erinnern, dass ihn Schwarzenbach kürzlich nach diesem Namen gefragt hatte, weil er sich nicht mehr sicher war, ob der Mann, den er damals entlassen hatte, wirklich Snozzi hiess oder nicht einen anderen Namen gehabt hatte. Francesco verschwand durch die kleine Tür, machte drüben irgendwo Licht, und als Luigi hinüberspähte, erblickte er einen winzigen Raum, der, wie es schien, in ein zweites Zimmer hineinführte. Francesco kam mit einem Koffer und einer Tragetasche wieder zurück in die Küche, schloss die kleine Tür mit einem Riegel ab und schob den Küchenschrank, an dem unten Rollen befestigt waren, davor.

«Willst du verreisen?», fragte Luigi mit ironischem Unterton.

«Man könnte dem so sagen», antwortete Francesco im selben Ton. «Aber sag mal, was willst du von mir?»

«Ich weiss es eigentlich gar nicht genau. Schwarzenbach hat mich einfach beauftragt, ausfindig zu machen, ob du immer noch am selben Ort wohnst. Ich kann mir aber vorstellen, was er von dir will.»

«Was denn?»

«Er will dich wieder einstellen.»

«Er will mich wieder einstellen? Das ist ja interessant.»

«Ja, es war ohnehin eine Verwechslung damals, er wollte eigentlich Camozzi entlassen.»

«Ach so. Und bei dir war es auch eine Verwechslung?»

«Nein.»

Luigi wurde sich immer bewusster, in welch heiklen Situation er sich im Moment befand. Da stand er also einem dieser mutmasslichen Erpresser gegenüber, der sich eben aus dem Staub machen wollte. Vielleicht war Francesco bei der Entführung dieses Mädchens beteiligt gewesen oder hatte gar mit den beiden Mordfällen zu tun. Luigi spürte, wie ihm der Schweiss aus den Achselhöhlen rann. Er fühlte sich überfordert und wusste nicht, wie er sich gegenüber seinem früheren Kollegen verhalten sollte.

«Sag deinem Chef, ich sei anderweitig beschäftigt und würde sein Angebot dankend ablehnen.»

«Wohin willst du jetzt gehen?»

«Sag ich dir nicht.»

«Wo hast du gearbeitet die ganze Zeit, nachdem dich Schwarzenbach entlassen hatte?»

«Nirgends, ich war arbeitslos.»

«Ich auch.»

«Aber nicht allzu lange, wie es scheint, jetzt arbeitest du ja wieder für ihn», spottete Francesco.

Luigi gab darauf keine Antwort, sondern fragte geradeaus: «Hast du Schwarzenbach erpresst?»

Francesco tat so, als hätte er die Frage gar nicht verstanden, und sagte nur ganz beiläufig: «Willst du was trinken?»

«Gerne», sagte Luigi, ganz froh, etwas Flüssigkeit in seinen trockenen Mund zu bekommen.

Snozzi öffnete den Kühlschrank, entnahm ihm zwei kleine Flaschen Bier und stellte sie auf den Tisch. Luigi öffnete den Drehverschluss, und entgegen seiner Gewohnheit, bei seiner Arbeit keinen Alkohol zu trinken, setzte er die Flasche an seine Lippen, nahm einen grossen Schluck und sagte fast bewundernd: «Wenn der Schrank davor ist, würde man nicht vermuten, dass sich dahinter noch ein Raum befindet.» Snozzi sagte lange Zeit nichts, schaute Luigi an, trank in einem Zug fast die ganze Flasche Bier leer, stellte sie dann auf den Küchentisch und sagte: «Mit der Entführung und der ganzen Scheisse hab ich nichts zu tun.»

Luigi wunderte sich, weshalb Francesco sich dafür zu rechtfertigen suchte. Aber den Entführern die nötigen Informationen geliefert hatte er vielleicht doch, dachte er.

Francesco war aufgestanden und ging nervös zwischen Kühlschrank und Tür hin und her.

«Hast du übrigens diesen Schürch gekannt?», fragte Luigi wiederum beiläufig.

«Ich war mit Jochen zwei-, dreimal bei Schürch an einer Versammlung. Sie hatten Flugblätter verteilt vor dem RAV. Das sah auf den ersten Blick völlig harmlos aus, ‹Hilfe zur Selbsthilfe› und so weiter. Später hab ich dann festgestellt, dass er ein Rassist war und was er für Pläne hatte.»

«Weshalb hast du ihn nicht angezeigt?»

«Wollte ich erst. Aber dann wurde er ja tot aus dem Rhein gezogen, da dachte ich, es sei besser, ich halte mich da ganz raus.»

«Dafür hast du Schwarzenbach wegen der Farb- und Lösungsmittelreste hinter dem Schuppen erpresst.»

Darauf sagte Snozzi nur: «Dich hat er ja auch einfach grundlos entlassen. Und dann wieder eingestellt, damit du den Mund hältst.»

«Ich hab Familie.»

«Mach, was du willst, ich muss jetzt gehen», sagte Snozzi, auf einmal nervös geworden. Er stellte die leeren Bierflaschen neben den Kühlschrank. Dann nahm er den Koffer und die Tragetasche, ging hinaus auf den Gang, schloss die Haustür, ging die Treppen runter und warf den Schlüssel in einen Briefkasten. Zufälligerweise kam ein Taxi angefahren und hielt auf der gegenüberliegenden Strassenseite, wo Leute ausstiegen. Snozzi ging zum Auto, sprach mit dem Chauffeur, stieg ein und fuhr davon.

Luigi stand auf dem Trottoir und wusste beim besten Willen nicht, was er jetzt tun sollte. Er ging zum Wagen und fuhr so langsam auf der Baslerstrasse Richtung Innenstadt, dass die anderen Verkehrsteilnehmer hinter ihm zu hupen anfingen oder mit den Scheinwerfern durchs Heckfenster blinkten. Endlich wurde ihm bewusst, dass er vergessen hatte, das Licht einzuschalten. Er war jetzt völlig verstört und ratlos. Was seinem Chef sagen? «Ja, ich habe Snozzi gefunden, der verzichtet aber auf eine Anstellung und hat es vorgezogen, abzuhauen.» Oder sollte er zur Polizei gehen und die ganzen Machenschaften seines Chefs aufdecken?

Als Erstes fuhr er den Wagen zu dessen Villa. Es schien jemand zu Hause zu sein, jedenfalls sah er Licht an einem der Fenster. Luigi fuhr den Wagen in die Garage und schloss möglichst leise das Tor. Er schaute nochmals zu dem beleuchteten Fenster, wo ein bläuliches unstetes Licht flackerte. Ein Fernseher, die Schwarzenbachs schauten wohl die Tagesschau, und Luigi war froh, denn er wäre heute nicht mehr imstande gewesen, seinem Chef irgendwelche Erklärungen abzugeben. Er hatte keine Lust dazu und zudem Feierabend. Beim Radiostudio stieg er in das Tram und fuhr bis zur Schifflände. Dort stieg er aus und wollte zu Fuss über die Brücke nach Hause gehen. In der Mitte blieb er stehen und schaute in das fliessende Wasser, auf die Novartis-Leuchtschrift am Horizont und auf die Klingentalfähre, die an ihrem Seil langsam über den Fluss glitt. Vielleicht wäre es doch besser gewesen, die Stelle anzunehmen, die ihm das RAV angeboten hatte, anstatt sich von Schwarzenbach wieder einstellen zu lassen. Dass der das weder aus Menschenliebe noch Sympathie für ihn getan hatte, wusste Luigi nur zu genau.

Fast gespenstisch fuhr ein Frachter unter der Brücke vorbei, wo auf Deck und in der Schiffskabine keinerlei Licht brannte. Luigi verspürte keine Lust, nach Hause zu gehen und machte sich auf den Weg ins «Vogelnest».

Susy sass allein an einem kleinen Tisch, nicht am Stammtisch, wo es für sie wohl keinen Platz mehr gehabt hatte. Einige

Männer hockten da, erzählten schmutzige Witze und lachten lauthals. Susy winkte Luigi zu sich, und er setzte sich.

«Ein Bier und einen Schnaps», sagte er zur Serviertochter, die sogleich herbeigeeilt war.

«Ein kleines oder ein grosses?», wollte sie wissen.

«Ein grosses», stöhnte Luigi, schaute vom Tisch zu Susy, dann wieder zurück und sagte erst mal nichts.

«Was ist denn jetzt passiert?»

«Zuerst das Bier», sagte Luigi. Das wurde auch schon gebracht. Zuerst stürzte er den Schnaps in einem Zug hinunter und goss dann ein halbes Glas Bier hinterher. «Scheisse», sagte er, «ich halt es nicht mehr aus.» Er vermochte die ganze Geschichte mit den Farbresten und den Erpressungen nicht mehr für sich zu behalten und erzählte Susy alles.

Sie hörte aufmerksam, aber nicht besonders erstaunt zu. Als Luigi mit seinen Ausführungen fertig war, sagte sie nur ganz trocken: «So etwas hab ich mir gedacht, du weisst hoffentlich, was du jetzt tun musst?»

«Was denn?», fragte Luigi konsterniert und bestellte noch ein weiteres Bier.

«Du musst jetzt zur Polizei gehen und alles erzählen, sonst wird alles noch viel schlimmer für dich.»

«Snozzi ist doch längst über alle Berge.»

«Es geht doch nicht nur um den, sondern vor allem um diese Sauerei in Schwarzenbachs Fabrik.»

«Und meine Stelle als Fahrer?»

«Willst du lieber ins Gefängnis? Wenn du nicht anrufst, ruf ich Freuler an, ich hab seine Karte.»

***

Teilnahmslos starrte er auf den Bildschirm. Ein Krimi lief, aber Schwarzenbach hatte den Faden längst verloren. In der Hand hielt er ein Whiskeyglas, woran er in kurzen Abständen nippte. Wo nur Spadola blieb? Sie hatten ausgemacht, dass er sich melden würde, falls er etwas über Snozzi erfahren hatte.

Gwendoline war mit einer Freundin im «Ausgang» oder sonst wo. Zwar hatte sie ihm gesagt, wo, er hatte es jedoch vergessen. Irgendwann war der Täter gefasst, und während der Abspann über den Bildschirm lief, stand Schwarzenbach auf, trank den Rest des Whiskeys und schaute auf die Uhr. Es war schon neun Uhr und der Fahrer immer noch nicht zurück. Er drückte auf die Fernbedienung, schaute noch eine Zeit lang auf den schwarz gewordenen Bildschirm, fluchte etwas vor sich hin, ging durch den Flur zu der Treppe, die in den Keller führte, stolperte, sodass er beinah gestürzt wäre, und folgte dann dem Durchgang zur Garage. Und da stand doch tatsächlich der Mercedes. Hatte Spadola Snozzi nicht finden können?

Es war wohl auch der Alkohol, aber vor allem die Anspannung und die beinahe existenzielle Angst, die ihn dazu trieb, sofort zu erfahren, was denn nun los war. Weshalb hatte sich Spadola nicht bei ihm gemeldet? Er stieg in seinen Wagen, liess den Motor an, drückte wie wild an der Fernbedienung, um das Garagentor zu öffnen, das sich jedoch nicht rührte. Endlich merkte Schwarzenbach, dass er noch immer die Fernbedienung des Fernsehers in den Händen hielt. Er schmiss das Ding in den Fond des Wagens und suchte im ganzen Auto nach der richtigen. Erst öffnete er das Handschuhfach, worin nichts zu finden war. Er suchte unter den Sitzen. Nichts. Schwarzenbach stand auf und stieg taumelnd aus dem Auto, wollte wohl im Kofferraum oder sonst wo nach der Fernbedienung suchen, schwankte, fiel hin, machte erst Anstalten, wieder aufzustehen, was ihm aber nicht gelang. Als ob er fast glücklich gewesen wäre, endlich seine Ruhe gefunden zu haben, blieb er liegen und schloss die Augen. Der Motor lief immer noch.

***

Der Anruf kam nachts um elf. Freuler hatte noch nicht geschlafen, sondern wie immer noch in einem Buch gelesen. Er antwortete möglichst leise auf die, wie ihm schien, sehr gefasste Stimme von Schwarzenbachs Frau.

«Was ist los?», fragte Anita im Halbschlaf.

«Ich muss nochmals weg, Schwarzenbach scheint sich das Leben genommen zu haben.»

«Schwarzenbach?», sagte Anita und richtete sich im Bett auf, «wieso der?»

«Keine Ahnung», sagte Freuler, während er in seine Hose schlüpfte.

Anita hatte sich wieder hingelegt und murmelte: «Mach nicht allzu lange.»

Freuler küsste seine Frau und verliess das Haus.

Als er auf dem Bruderholz ankam, standen Schwarzenbachs Frau, ein Polizeibeamter und der Hausarzt in der geöffneten Garage. Es stank immer noch nach Kohlenmonoxid. Schwarzenbach lag, wo er hingefallen war. Es war nicht erkennbar, ob es sich um einen Unfall oder um Selbstmord handelte.

«Er war stark alkoholisiert, wie es scheint», sagte der Arzt.

«Jedenfalls die halb leere Whiskeyflasche oben auf dem Clubtisch war noch voll, als ich gegen neunzehn Uhr weggegangen bin», sagte Frau Schwarzenbach fast ein wenig vorwurfsvoll.

Es erstaunte ihn jedoch trotzdem, wie gefasst diese Frau war, die doch soeben ihren Ehemann verloren hatte.

«In welcher Verfassung war er denn heute Abend, bevor er Whiskey getrunken hatte?»

«In keiner besonderen, er sagte nur, er würde noch auf Spadola warten, der habe für ihn etwas erledigen müssen.»

«Ist er denn nicht vom Fahrer hierhergebracht worden?»

«Das weiss ich nicht. Ich hab ihn nicht gefragt.»

«Haben Sie nichts gesehen?», fragte Freuler etwas ungehalten, selbst überrascht über seinen unpassenden Ton.

Die Witwe vermittelte aber auch keinerlei Betroffenheit oder gar Trauer und sagte: «Mein Mann ist gegen sechs Uhr nach Hause gekommen. Essen wollte er nichts, er hat sich sogleich vor den Fernseher gesetzt und sich einen Drink genehmigt. Gesprochen haben wir wenig. Er schien sehr nervös zu sein, und als ich ihn ansprach, sagte er nur: ‹Sag mir, wenn Spadola kommt, ich muss etwas mit ihm besprechen.› Ich habe dann nicht weiter nachgefragt und bin um sieben aus dem Haus.»

«Wann sind Sie zurückgekommen?»

«Etwa um halb elf. Ich sah, dass noch Licht war in der Garage, hab das Tor aufgemacht, da kam mir der ganze Gestank entgegen. Der Motor lief ja noch.»

«Darf man fragen, wo Sie gewesen sind?»

«Nein, darf man nicht.»

«Haben Sie einen Liebhaber?»

Frau Schwarzenbach stutzte erst, schaute auf ihren toten Mann, überlegte kurz und sagte dann: «Mein Mann wusste davon.»

«Verzeihen Sie», sagte Freuler. Es tat ihm aber nicht leid.

«Das hier haben wir auf dem Rücksitz gefunden», sagte der Polizeibeamte.

«Die Fernbedienung eines Fernsehers, wie kommt denn die hierher?»

«Die hat er wahrscheinlich aus Versehen mitgenommen, als er zum Auto ging. Er war in letzter Zeit zerstreut.»

«Und die Fernbedienung für das Garagentor?»

«Die müsste hier im Wagen sein.»

«Wir haben nichts gefunden», sagte der Polizeibeamte.

Inzwischen war auch der Leichenwagen eingetroffen. Schwarzenbach wurde auf eine Bahre gehoben und weggebracht. Laut dem Hausarzt gab es keinen Zweifel, Schwarzenbach war an einer Kohlenmonoxidvergiftung gestorben, ob Selbstmord oder Unfall, war im Moment unwichtig.

FÜNFZEHN

Samstag in der Früh, es war schon zehn Uhr, fuhr Freuler als Erstes zum Klingentalgraben, um Luigi Spadola aufzusuchen. St. Nikolaus und Tannenbaum leuchteten vom Balkon.

Luigi war noch im Bett, es war gestern sehr spät geworden. «Ich wollte Sie heute anrufen, jetzt ist mir Susy also zuvorgekommen.»

«Susy, von was reden Sie?»

«Ich muss mir erst einen Kaffee machen, wollen Sie auch einen?»

«Weshalb wollten Sie mich anrufen?»

Luigi hustete, öffnete den Küchenschrank, entnahm ihm eine italienische Cafetiera, tat erst unten das Wasser, dann oben ins kleine Sieb Kaffeepulver, schraubte das Ganze zusammen und stellte es auf die Gasflamme. «Weil ... Schwarzenbach wurde immer noch erpresst.»

«Was sagen Sie da?» Freuler sagte mit Absicht noch nichts über dessen Tod, er wollte erst Spadola ausreden lassen.

«Ich wollte es Ihnen schon lange erzählen, aber ich hatte Angst um meine Anstellung.»

Die Cafetiera zischte, und drin brodelte der fertige Kaffee. Luigi nahm sie vom Herd, goss sich eine Tasse voll. «Wollen Sie immer noch keinen?»

Freuler konnte sich nicht erinnern, jemals gesagt zu haben, dass er keinen Kaffee wolle, und sagte: «Doch, jetzt möchte ich gerne einen.»

Luigi nahm noch eine Tasse aus dem Schrank, stellte sie vor Freuler auf den Tisch und goss ein. «Zucker?»

«Nein, vielleicht ein wenig Milch, wenn Sie welche haben.»

Luigi öffnete den Kühlschrank, entnahm ihm eine Tetrapackung und stellte sie auf den Tisch. «Am besten nehmen Sie gleich selbst.» Während er Zucker in seinen Kaffee tat und langsam mit dem Löffel umrührte, sagte er: «Schwarzenbach hatte seit Jahrzehnten in kaputten Fässern Farbreste und Lösungsmittel gelagert, die nach und nach im Boden versickert sind. Als vor Jahren umgebaut wurde, kam die Sauerei zum Vorschein. Schwarzenbach hat nie etwas dagegen unternommen, weil er Angst hatte vor den Kosten und einer Anzeige. Einen Angestellten der Baufirma, der beim geplanten Umbau auf die Sauerei gestossen war, hatte er später eingestellt, damit er nichts ausplauderte. Nach Jahren hat er diesen Mann bei einer Restrukturierung, mehr aus Versehen, entlassen. Daraufhin wurde er von ihm erpresst, und Schwarzenbach zahlte.»

«Woher wissen Sie das?»

«Ich war einmal bei einer Geldübergabe dabei und habe damals auch Schürchs Auto entdeckt.»

«Ach, Sie waren das.»

«Zudem bat mich Schwarzenbach Snozzi, so heisst der Angestellte, aufzuspüren, damit er ihm die Stelle wieder anbieten könne.»

«Und auf diese Nachricht hat Schwarzenbach heute gewartet?»

«Ja, woher wissen Sie das?»

«Schwarzenbach ist tot.»

«Tot?»

«Selbstmord, vielleicht auch ein Unfall.»

«Wie?»

«In der Garage. Ich denke, er wollte wegfahren, hatte den Motor an, fand aber die Fernsteuerung für das Garagentor nicht. Die Kohlenmonoxidkonzentration wurde immer stärker, er wurde ohnmächtig und ist hingefallen.»

«Um Himmels willen», seufzte Luigi, ging in den Flur, griff in die Tasche seiner Jacke und kam mit der Fernsteuerung in der Hand in die Küche zurück. «Ich hab sie eingesteckt, er durfte ja gar nicht fahren. Das Garagentor lässt sich aber auch von Hand öffnen.»

«Machen Sie sich deswegen keine Sorgen. Wo wohnt denn dieser Angestellte, dieser Snozzi?»

«Er wohnte in Allschwil.»

Wenn Freuler jetzt gestanden wäre, hätte er sich wahrscheinlich hingesetzt. Da er aber sass, stand er auf und sagte nur: «Ach so, in Allschwil. Und haben Sie ihn gefunden?»

«Ja, in derselben Wohnung wie früher. Ich habe mit ihm gesprochen, und dann ist er weggegangen.»

«Wohin?»

«Das hat mir Snozzi nicht gesagt.»

«Aber er hatte Schwarzenbach erpresst?»

«Ja, aber nur wegen der Umweltgeschichte, mit der Entführung hatte er nichts zu tun, hat er wenigstens gesagt.»

«Haben Sie eine Ahnung, wo er hingegangen sein könnte?»

«Nein, möglicherweise ins Maggiatal. Früher war er oft dort bei seinen Eltern.»

«Kennen Sie die Ortschaft?»

«Nein, das Einzige, woran ich mich erinnern kann, ist, dass er ein- oder zweimal gesagt hat, der Ort hätte einen schrecklich klingenden Namen, welcher auf Deutsch Lüge oder Lügner heisse.»

«Menzonio, genau.»

«Muss ich jetzt mit Schwierigkeiten rechnen?»

«Das kann ich Ihnen nicht sagen. Ich denke, nicht allzu sehr, Sie standen ja unter Druck.»

«Und montags, muss ich da zur Arbeit erscheinen?»

«Jedenfalls sollten Sie aufs Kommissariat kommen, um das, was Sie wissen, zu Protokoll zu geben. Alles Weitere müssen Sie mit Frau Schwarzenbach besprechen.»

SECHZEHN

Die Idee, Sonntag früh in den Süden zu fahren, dort vielleicht ein wenig zu wandern, bis Montag zu bleiben, quasi das Angenehme mit dem Kriminalistischen zu verbinden, kam bei Anita erstaunlicherweise ganz gut an. Freuler hatte auf der «Carta nazionale della Svizzera Nr. 1272 P. Campo Tencia» den Ort gefunden, der Menzonio hiess. Einen Francesco Snozzi gab es dort, und Freuler hatte kurzfristig bei den Tessiner Behörden einen Hausdurchsuchungsbefehl angefordert und einen Termin mit zwei Beamten vereinbart. Wahrscheinlich war der Eintrag dieses Namens der des Vaters des Gesuchten. Freuler ging davon aus, dass der Sohn dort keine eigene Adresse mehr besass. Schon um acht Uhr fuhren sie mit dem Auto los. Anita hatte für einmal keine Lust, zwei-, dreimal umzusteigen, und Freuler ging bereitwillig auf den Kompromiss ein, dass, wenn schon Fahndungsaufgaben übers Wochenende getätigt werden mussten, dann wenigstens mit dem bequemen Dienstfahrzeug.

Die Fahrt durch das Mittelland war äusserst langweilig, wie das Fahrten auf der Autobahn so an sich haben. Es war trübes Wetter, deshalb auch wenig Verkehr. Ein feiner Nieselregen befeuchtete die Fahrbahn, aber Freuler war ein äusserst vorsichtiger Fahrer und ging keine Risiken ein. Die Fahrt führte an leeren Äckern vorbei, auf denen längst abgeerntet war, an im Laufe des Sommers mehrmals geschnittenen Wiesen, wo noch ein paar Kühe, im Nebel kaum zu erkennen, am spärlich nachgewachsenen Gras rupften. Durch die Scheiben, über die in längeren zeitlichen Abständen der Scheibenwischer zischte, hörte man sogar manchmal etwas vom Kuhgeläute. Anita döste vor sich hin und hoffte, dass das Wetter im Süden wirklich so schön sein würde, wie die Wetterprognose verkündet hatte. Freuler rauchte eine Zigarette. Er hatte das Fenster auf seiner Seite einen Spaltbreit offen, und der Zigarettenrauch wurde sichtbar aus dem Wageninnern nach draussen gesogen. Zwei

Zigaretten hatte ihm Anita während der ganzen Fahrt zugestanden, jetzt zog er an der ersten. Geredet hatten sie noch nicht viel. Die Bemerkung, dass es der Tochter mit ihrem Kurt offensichtlich ernst war, quittierte Freuler mit einem Blick und einem Gemurmel. Obwohl Anita des zukünftigen Schwiegersohnes Berufswünsche zu respektieren gedachte, wurde ihr auf diesem sonntäglich, halb beruflich bedingten Ausflug erst richtig klar, was es in Zukunft bei familiären Begegnungen bedeuten könnte, wenn die Tochter auch mit einem Polizisten verheiratet war. Allzu aufregend schien diese Vorstellung aber nicht zu sein, denn nun war Anita eingeschlafen.

Sie erwachte erst wieder, als ihnen beim Ausgang des Gotthardtunnels die Sonne des Südens mit voller Pracht entgegenstrahlte.

Hier im sonnigen Süden war merklich mehr Verkehr auf der Strasse; die ungeduldigen Südschweizer brausten auf der Überholspur am knapp hundertzwanzig Stundenkilometer fahrenden Dienstwagen vorbei. Freuler bog kurz vor Bellinzona von der Autobahn ab auf eine Raststätte. Er musste dringend mal. Bei der Gelegenheit setzten sie sich noch für eine Viertelstunde ins Restaurant, wo sie einen Kaffee tranken und Freuler beim Parkplatz eine dritte, ausserordentliche Zigarette rauchte.

Als sie bei Ponte Brolla rechts abbogen, um ins Maggiatal zu gelangen, war es erst elf Uhr. Die Sonne stand um diese Jahreszeit selbst über Mittag so flach am Himmel, dass sie während der Wintermonate einzelne Abschnitte der rechten Talseite nicht erreichte. Die sonnenbeschienene linke Talseite jedoch war in ein schönes, sanftes Licht getaucht. Die blattlosen schwarzen Äste der Kastanienbäume und die weissen Birkenstämme warfen lange Schatten. Aus einigen Häusern stieg Rauch von brennendem Holz, welcher im ganzen Tal diesen typischen Tessiner Duft verbreitete.

Freuler hatte in Cevio ein Hotelzimmer reserviert. Das Hotel, ein uraltes Haus mit dicken Mauern, hatte neben der Rezeption eine kleine Bar, worüber Fotos der Überschwemmungen hingen, die hier das Tal vor mehr als dreissig Jahren verwüstet hatten. Daneben eine offizielle Liste mit Verhaltensregeln für die Bevölkerung, für den Fall, dass die Mauern der beiden Stauseen, Lago del Narèt und Lago del Sambuco, zuhinterst im Tal bersten sollten: «Verlassen Sie beim Ertönen der Alarmsirenen sofort das Haus und gehen Sie so schnell wie möglich auf einer der Talseiten den Berg hinan!» und andere Tipps.

Während Anita sich im Hotelzimmer frisch machte, trank Freuler ein Bier an der Bar. Nachdem er besagte Liste gelesen hatte, fragte er den Kellner, wie lange es denn dauern würde, bis die Flutwelle eines Dammbruches hier in Fusio ankäme.

«Due ore, abbastanza tempo per scappare.» Zwei Stunden, genug Zeit, um zu fliehen.

«Mit Kleinkindern und alten Leuten?»

«Non viene mai l'acqua!» Das Wasser – das kommt nie!

Dieses nicht enden wollende Gebimmel des Campanile war es, das Freuler in der Früh aufweckte. Er glaubte erst vor Kurzem eingeschlafen zu sein.

«Schlecht geschlafen?», wollte Anita beim Morgenessen wissen.

«Wie immer, das weisst du doch.»

«Als ich aufgewacht bin um acht, hast du geschlafen wie ein Stein.»

«Aber nur so lange, bis das elende Gebimmel anfing.»

«Mir gefällt das.»

Freuler wollte erst noch etwas dazu sagen, aber im selben Moment kamen zwei Männer ins Restaurant. Auch ohne dass der eine an der Bar die Kellnerin etwas gefragt und diese eine leichte Kopfbewegung in Richtung Freuler gemacht hätte, würde sie Anita sofort als Polizeibeamte erkannt haben. «Sie sind da», sagte sie.

«Schon?»

«Es ist neun Uhr, du hast dich um neun Uhr verabredet, soviel ich weiss.»

Der eine Beamte war klein, rundlich, trug eine Schirmmütze und war etwa im selben Alter wie Freuler, der andere schlank, sportlich, schien kaum dreissig Jahre alt und sprach Berner Dialekt. Sie wussten bereits Genaueres. Es gab einen Francesco Snozzi in Menzonio, der einen Sohn mit demselben Namen hatte, der sich vor einigen Jahren auf der Verwaltung der Gemeinde abgemeldet hatte. Ob er sich jetzt wieder hier aufhielt, wussten die Beamten auch nicht.

Die zwei Tessiner Polizisten schienen es nicht eilig zu haben, sie liessen die Freulers in Ruhe ihr Frühstück beenden und tranken selbst noch einen Kaffee. Dann fuhren sie mit dem Wagen der Südschweizer Polizisten los. Anita fuhr auch mit. Sie würde dann, wenn die Beamten ihrer Arbeit nachgingen, ein wenig spazieren gehen, sagte sie.

Die Strasse führt von Bignasco kurvenreich durch das enge Val Lavizzara. Die Maggia rauschte tief unten im Talgrund über riesige Felsbrocken, zwischen denen sich kleine Seen bildeten, die im Sommer von Feriengästen als Schwimmbecken genutzt wurden.

Menzonio liegt auf einem nach Südwesten ausgerichteten Geländevorsprung, wo auch um diese Jahreszeit einige Stunden die Sonne scheint. Oben angelangt, standen sie erst eine Zeit lang neben dem Auto und liessen sich von der Sonne bescheinen. Freuler und der ältere Beamte rauchten. Der jüngere hatte einen Dorfplan auf der Trockensteinmauer hinter ihnen ausgebreitet und versuchte, darauf ihren Standort zu eruieren. Die Sonne schien so warm, dass ein paar Eidechsen ihren Winterschlaf unterbrochen hatten und über die aufgewärmten Steine huschten. Auf der dürren Wiese hinter der Mauer blühten sogar einige Primeln.

Der jüngere Beamte hatte sich inzwischen mit seinem Ortsplan orientieren können, und zu dritt gingen sie vom Parkplatz ins Dorfinnere. Eine enge Gasse führte neben einer Gartenwirtschaft und einer Art Pergola, wo die Trauben längst geerntet waren, zu einem kleinen Brunnen, wo eine Treppe hinauf zu einer Veranda führte. Ausser einigen Katzen, die sich scheu in Löcher verkrochen, und einem Hund, der entfernt Laut gab, schien hier das Dorf fast ausgestorben. Neben der Veranda war eine Tür, an der aber kein Name stand. Der jüngere Beamte schaute nochmals auf seinen Plan und war überzeugt, dass es hier sein müsse. Der ältere pochte an die Tür, drin war ein Gemurmel zu hören, Schlüssel klirrten, und im Türrahmen stand ein verrunzeltes altes Weibchen, wie man es auf Werbeprospekten mit Zoccoli, Kopftuch und einer mit Heu gefüllten Zaine am Rücken auf Tourismusprospekten in den fünfziger Jahren abgebildet hatte. Sie blickte die drei Männer entgeistert an. *«Buongiorno, mi dica?»* Guten Tag, Sie wünschen?

Der ältere Beamte versuchte der Frau möglichst schonend beizubringen, dass man auf der Suche ihres Sohnes sei, der doch hier wohne.

«Si, abita qui, ma non c'è.» Ja, er wohnt hier, aber ist nicht da.

«Quando ritorna?» Wann kommt er zurück?

«Non lo so.» Ich weiss es nicht.

«Dobbiamo guardare la sua camera.» Wir müssen sein Zimmer sehen.

Inzwischen war auch der Herr des Hauses aufgetaucht, hatte aber nur zugehört. Erst als das Wort «Hausdurchsuchungsbefehl» fiel, verschwand er fluchend im Hintergrund. Es machte ganz den Eindruck, als hätten die Eltern schon öfter Schwierigkeiten mit ihrem Figlio gehabt.

Sein Zimmer lag ein Stockwerk höher und hatte einen herrlichen Ausblick über das Tal. Nebst einem Hochglanzkalender mit leicht bekleideten asiatischen jungen Frauen, einem Bett, Schrank und Tisch sah das Zimmer höchst unpersönlich aus. Der junge Polizist öffnete den Schrank, worin einige Kleidungsstücke lagen. Freuler wühlte in der Tischlade. Drin waren Taschentücher, ein Paar gestrickte Handschuhe, Papierkram und eine Schachtel mit Fotos aus der Schulzeit, aus Basel, aus Ägypten, Japan und der Maggia. Eines zeigte Francesco mit zwei anderen Männern in der hiesigen Gartenwirtschaft. Freuler glaubte einen der beiden schon einmal auf einem Foto gesehen zu haben und steckte es ein. Der ältere Beamte wollte wissen, wonach man denn eigentlich suchen müsse. Freuler hob nur seine Schultern, worauf jener sich untätig neben der

Tür postierte, wo auch die Mama verängstigt herumstand. Freuler hatte jetzt die Lade wieder zugeschoben und stand unschlüssig da. Der jüngere hatte den Kasten auch schon wieder geschlossen und wunderte sich darüber, dass Freuler den nochmals öffnete und bei allen Kleidern in die Taschen griff. Noch mehr wunderte er sich jedoch, als Freuler aus einer Jackentasche einen Briefumschlag zog, der gefüllt war mit schlecht belichteten Farbfotos, worauf defekte Fässer, die in einer schmierigen grünlich braunen Masse standen, abgebildet waren. Das waren wohl die Aufnahmen, mit denen Snozzi bei Bedarf zusätzlichen Druck auf Schwarzenbach gemacht hätte. Das war's. Freuler steckte die Fotos ein.

Die drei Beamten waren eben im Begriff, das Haus der Snozzis zu verlassen, als Francesco bei der Gartenwirtschaft um die Ecke kam; vermutlich war er auf dem Weg nach Hause. Als er die Männer aus seinem Elternhaus kommen sah, machte er kehrt und eilte zu seinem Wagen zurück. Der jüngere der beiden Tessiner Beamten setzte jedoch zu einem Spurt an, und Snozzi gelang es nicht einmal mehr, in seinen Wagen zu steigen, wo ein Kollege auf ihn gewartet hatte.

Zurück fuhren sie mit beiden Wagen. Der ältere Beamte und Anita nahmen den Basler Dienstwagen. Die zwei Erpresser durften in ihrem eigenen Wagen im Fond Platz nehmen. Freuler sass vorne, und der junge Beamte steuerte das Fahrzeug. Während der Fahrt klaubte Freuler das Foto aus der Gartenwirtschaft aus seiner Tasche und verglich Snozzis Kumpan mit dem einen auf dem Foto, welchen er glaubte schon irgendwo gesehen zu haben. Es war derselbe, und er konnte sich nun auch erinnern, wo er dieses Gesicht schon einmal gesehen hatte: auf dem Foto, das damals in Schürchs Wohnung lag. Snozzi und sein Kumpan versicherten immer wieder, dass sie mit der Entführung dieses Mädchens nichts zu tun hätten. Es sei Schürch gewesen, der sie mit der Idee, Carmen zu entführen, darauf gebracht hätte, mit dem Wissen Snozzis über Schwarzenbachs Sondermülldeponie, quasi als Trittbrettfahrer, ein eigenes Ding zu drehen.

SIEBZEHN

Paul und Rüdiger, jetzt in Untersuchungshaft, fühlten sich gar nicht schuldig, weil sie doch dem Mädchen nichts getan hatten und sie wieder freigelassen hatten. Laut ihrer Aussage wussten sie von Schürch den genauen Zeitpunkt der sonntäglichen Ankunft Carmens im Internat. Schürch hatte öfter mit Schwarzenbach geplaudert, wenn dieser im «Schifferhaus» zu Gast war. Als er dann Thamby als Fahrer eingestellt hatte, schien Schürchs rassistischer Kragen geplatzt zu sein, und er schlug seinen Kumpanen diese Entführung vor. Trotz genauer Beschreibung verwechselten Paul und Rüdiger Carmen mit Vishanta. Die Verwechslung konnte dann von Schürch auch gar nicht mehr festgestellt werden, weil er tot war.

***

Die Kleinhüninger Tram-Endstation war immer noch eine Baustelle. Ein Blick über die Wiese hielt seine Befürchtungen in Grenzen: Der «Schwartenmagen» war noch da. Er überquerte die Brücke und ging dem Fluss entlang. Nach der Bahnschranke folgte er den Geleisen, auf deren gegenüberliegenden Seite das Schifferhaus und die Schule, wo Vishanta eine Zeit lang gelernt hatte, zu sehen waren. Zu der Stelle, wo sich die beiden Hafenbecken im rechten Winkel trafen, gelangte man durch eine kleine Unterführung, nach der man direkt zum Wasser kam. Nur ein ganz schmaler Weg führte unmittelbar einem Kanal entlang zu dem Hafenbecken, wo Thamby gefunden worden war.

Dort auf dem kleinen grasbewachsenen Hügel mit der einsamen Bank, wo sich Freuler und Anita früher manchmal geküsst hatten, setzte er sich hin und zündete sich eine Zigarette an.

Wer hatte wen umgebracht, Thamby Schürch oder Schürch Thamby? Wenn Schürch Thamby umgebracht hatte, wer hatte dann Schürch umgebracht? Laut Aussagen von Paul und Rüdiger hatte Schürch Thamby so schlimm zugerichtet, dass dieser vermutlich daran gestorben war und nicht durch Ertrinken, das hatte auch die Gerichtsmedizin festgestellt. Ein Kampf hatte stattgefunden, aber Verletzungen konnten nur bei Thamby nachgewiesen werden. Schürch war, durch irgendeinen Umstand, nachdem er den Tamilen so übel mitgespielt hatte, benommen gewesen, und Thamby hatte ihn mit letzter Kraft ins Wasser geschubst. Oder er war ohne Fremdeinwirkung ins Wasser gefallen, wo er als Nichtschwimmer ertrank. Man würde es wohl nie genau erfahren, und wenn doch, wäre es kriminalistisch nicht von Bedeutung, höchstens statistisch oder moralisch.

Freuler schnippte seine Zigarette mit dem Zeigefinger auf dem Daumen in hohem Bogen ins Hafenbecken 2. Dann überquerte er die Eisenbahnschienen, ging der Grenzstrasse entlang bis zu der kleinen Unterführung, wo es möglich war, ohne Grenzkontrolle ins deutsche Nachbarland zu gelangen. Von dort führte ein schmaler Weg zwischen Wohnblöcken und Schrebergärten zum Rheinufer. Vor den Häusern auf dem Rasen spielten Kinder verschiedenster Nationalitäten und Hautfarben. Auf einem der Balkone sassen verschleierte Frauen. Sie tranken Tee und rauchten. War wohl der Grund, weshalb sie an diesem neblig-feuchten Tag auf dem Balkon sassen, ihre Gatten, die, wenn sie nach Hause kamen, keinen Rauch in der Wohnung feststellen sollten? Vor dem Grenzübergang überquerte Freuler die Zollstrasse und gelangte so zum Rhein, an die Stelle, wo Schürch angeschwemmt worden war. Hier sah es, wegen des gesunkenen Wasserstandes, verändert aus. Gegenüber am anderen Ufer, beim Dreiländereck, war der Tannenbaum nun mit elektrischen Kerzen bestückt, die jetzt brannten und deren Leuchten auch tagsüber sichtbar war. Der dumpfe Ton einer Schiffssirene ertönte, und langsam fuhr ein schwer beladener Frachter aus dem Hafenbecken. Ein paar Möwen flogen krächzend dem Kahn voran, angebellt vom

Schiffshund, der zuvorderst am Bug stand und das schwimmende Eigentum glaubte verteidigen zu müssen. Irgendwo sprang ein Fisch aus dem Wasser. Der Frachter bog aus dem Hafenbecken und gliederte sich in die Strömung, rheinabwärts dem Meer entgegen.

Dank an:

Markus Melzl, Kriminalkommissär, Basel
Roland Suter, Theaterleiter, Kabarettist, Basel